泣きのお銀

立場茶屋おりき

今井絵美子

時代小説文庫

角川春樹事務所

目次

本書は、時代小説文庫（ハルキ文庫）の書き下ろし作品です。

泣きのお銀

霜月《しもつき》（十一月）八日は鞴祭《ふいごまつり》である。

この日は、鍛冶《かじ》、鋳物師《いもんじ》、錺職《かざりしょく》、石細工師《いしざいくし》など鞴を用《もち》いる職人たちが、鞴神《ふいごがみ》に感謝して一日仕事を休み、稲荷《いなり》神社に参拝する。

そのため、ここ品川宿では、早朝から南の荏原神社《えばらじんじゃ》と北の品川神社《しながわじんじゃ》には参拝者が引きもきらず、また、昼過ぎには供物《くもつ》の蜜柑《みかん》が参拝者に撒《ま》かれるとあって、鞴とは関係のない子供たちまでが次から次へと集まり、今や、人溜《ひとだまり》と化している。

「毎年とはいえ、よくもまあ、これだけ人が集まったものよ！」

亀蔵《かめぞう》親分は品川神社の境内《けいだい》の人溜を一瞥《いちべつ》すると、独《ひと》りごちた。

「此《こ》の中《じゅう》、蜜柑の値が高騰《こうとう》しちまって、滅多《めった》に下々《しもじも》の口に入《へえ》らねえもんだから、見なよ、餓鬼《がき》ばかりか裏店《うらだな》のかみさん連中までが蜜柑の奪い合いだとはよ……。浅ましいったらありゃしねえ！」

下っ引きの金太《きんた》が鼻の頭に皺《しわ》を寄せ、憎体《にくてい》に言う。

「何を言ってやがる！　おめえだって、餓鬼の目の前に放られた蜜柑を、横からひょいと手を伸ばしてかっ攫《さら》ったじゃねえか。しかもよ、俺に半分分けてくれるのかと思ったら、独り占めして食いやがったくせしてよ！」

食い物の恨《うら》みは深いとみえ、利助《りすけ》が忌々《いまいま》しそうに横目でじろりと睨《ね》めつける。

「煩《うるせ》ェ！　黙って喋《しゃべ》れってェのよ。おめえら、一体《いってえ》、なんのために駆り出されたと思ってやがる！　人の集まるところには巾着切《きんちゃくき》りや揉《も》め事が蔓延《はびこ》る。そのための監視というのに、蜜柑ごときに血眼《ちまなこ》になりやがってよ！」

亀蔵が芥子粒《けしつぶ》のような目をカッと見開き、下っ引き二人を睨《にら》みつけた。

「俺《おり》ャ、別に……。血眼になったのは金太の野郎で……。金太、この糞《くそ》ォ！　おめえのせいで俺までが……」

利助は悔《くや》しそうに唇を噛《か》んだが、前方を見ると、おっと亀蔵の袖《そで》を摑《つか》んだ。

亀蔵が驚いたように、利助を振り返る。

「何するんでェ……」

利助はしっと唇に指を当て、顎《あご》をしゃくって斜《なな》め前方を見ろと促《うなが》した。

あっと、亀蔵は息を呑《の》んだ。

五十路《いそじ》がらみの老婆が、隣の男の懐《ふところ》に指を差し込もうとしているのである。

老婆の顔には見覚えがあった。

随分《ずいぶん》と歳《とし》を食い、面変《おもが》わりをしているが、確かに、あの女《おな》ごは泣きのお銀《ぎん》……。

が、お銀は八年も前に脚《あし》を洗い、貸本屋業《かしほんやぎょう》で成功した息子に引き取られたはずである。では、またぞろ、悪い癖《くせ》が……。

この糞、お銀の奴！

なんとしてでも、お銀の指が男の懐に差し込まれる前に止めなければ……。

だが、人溜を掻《か》き分けたとしても、それでは間に合わない。

亀蔵は意を決すと、大声を上げた。

「おっ、お銀じゃねえか！　久し振りだな。元気にしてたかァ」

間一髪《かんいっぱつ》、男の懐に指がかかる手前で、お銀の指が止まった。

お銀がそろりと振り返る。

幸い、隣の男は財布を掏《す》られかけたことに気づいていないようである。

お銀は亀蔵の顔を見ると、バツの悪そうな顔をし、ちょいと肩を竦《すく》めた。

亀蔵が傍《そば》に寄って行く。

「親分……」

「親分じゃねえだろうが！」

亀蔵は声を圧《お》し殺し、四囲《しい》を見廻《みまわ》した。

やはり、ここでは拙《まず》い……。

「お銀、ついて来な！」

亀蔵は顎をしゃくると、金太や利助に後を頼むと言い置き、人溜から外《はず》れた。

久し振りに見るお銀は別に金に困っているふうには見えず、商家のご隠居らしく身《み》形《なり》も調《ととの》っていた。

半白《はんぱく》になった髪をしの字髷《まげ》に結《ゆ》い、薄紫地《うすむらさきじ》の結城紬《ゆうきつむぎ》に黒と鼠色《ねずみいろ》の昼夜帯《ちゆうやおび》を締《し》め、どこかしら気品のようなものさえ漂《ただよ》わせているのである。

亀蔵は鳥居《とりい》を潜《くぐ》ると、脚を止めた。

「おめえよ、一つ訊《き》くが、まさか、さっきの男の前《めえ》に、ひと稼《かせ》ぎしてきたわけじゃあるめえな？」

亀蔵が射抜《いぬ》くような目で、お銀を睨めつける。

お銀は慌てて首を振った。

「滅相《めっそう》もない！　あたしはそんな気じゃ……。息子が不自由しないだけの小遣いを持たせてくれるもんだから、お金には困っていませんよ。けど、あの男がいかにも掏ってくれとばかりに懐から財布を覗《のぞ》かせているもんだから、つい……」

「昔取った杵柄《きねづか》とばかりに、指が動いたってェんだな……。けどよ、間一髪ってところで俺が止めたからことなきに終わったが、間に合わなかったら、おめえが指をかけたが最後、俺としてはしょっ引かねえわけにはいかねえからよ……。そんなことにでもなったら、貸本屋の息子を泣かせることになるんだぜ？　おう、泣きのお銀よ。泣くのはおめえ独りで充分だろうが！　しかもよ、此の中、その泣きのお銀も、孝行息子のお陰で、涙とは縁のねえ暮らしをしているというのによ！」

「……………」

「どうしてェ、膨《ふく》れっ面《つら》をしやがって！　おめえ、何不自由のねえ暮らしをさせてもらって、文句はねえだろうが」

「そりゃそうなんだけど……」

お銀が潮垂《しおた》れる。

どうやら、何か理由《わけ》があるようである。

「そうさなあ……。ここで立ち話でもねえか。茶店にでも入《へえ》ろうか。おっ、おめえ、中食《ちゅうじき》を食ったのか？　俺ャ、輪祭の見廻りがあってまだなんだが、蕎麦《そば》でも食わねえか？」

亀蔵がそう言ったときである。

どうやら蜜柑投げが終わったとみえ、鳥居を潜って、次々に人が出て来た。

印半纏《しるしばんてん》を纏《まと》った職人の集団に混じり、かみさん連中や子供たちが嬉々《きき》として蜜柑を手に帰って行く。

金太と利助も戻ってきた。

「おっ、飯にしようぜ！　おめえらも腹が減っただろ。彦蕎麦《ひこそば》にでも行かねえか」

「おっ、忝茄子《かたじけなすび》！　ひだるくって、俺ャ、腹の皮がくっつきそうでェ！」

「何言ってやがる。蜜柑を食ったくせして！」

「まだ言ってやがる！　俺が蜜柑を一つ食ったくれェで、ねちねちとねずり言を……」

「誰がねずり言なんか！　本当のことを言っただけじゃねえか」

「この置いて来坊が！　いつまでやってやがる。そんなに遣《や》り合いたければ、二人はここにいな。俺ャ、お銀と二人で彦蕎麦に行くからよ！」

亀蔵がどしめくと、金太も利助も狼狽《うろた》えた。

「親分、そいつァねえや……」

「蕎麦のためなら、俺たちゃ、金輪際《こんりんざい》、口を開きやせんので、ひとつ……」

なんて奴らなんでェ……。

亀蔵は苦笑し、門前町《もんぜんちょう》に向けて歩き始めた。

街道のそこかしこに、印半纏を纏った男の姿が見られる。

参拝を済ませ、これから祝酒《いわいざけ》となるのであろう。

この分なら、街道筋の立場茶屋《たてばぢゃや》、一膳飯屋《いちぜんめしや》はどこも満席に違いない。

すると、中食に彦蕎麦を選んだのは正解だったかもしれない。

そう思い、彦蕎麦の暖簾《のれん》を潜ったのであるが、案に相違《そうい》して、ここも満席……。

それどころか、土間の片隅《かたすみ》に席待ちの客の姿まで見られるではないか。

女将《おかみ》のおきわが亀蔵の姿を認め、申し訳なさそうに腰を屈《かが》めて寄って来る。

「済みませんね。常《つね》なら、昼の書き入れ時が終わり、そろそろ一段落《いちだんらく》ってときなのに、今日はまだこんな調子で……。蕎麦だけなら客足も速いんだけど、皆さん、お酒を上がるもんで、どうしても……」

おきわは困《こう》じ果てたような顔をした。

亀蔵も蕗味噌《ふきみそ》を嘗《な》めたような顔をする。

「ここがこんな調子なら、立場茶屋おりきはもっと混雑してるってことか……。つまり、今日はどこも満員ってことなんだな」

「ええエ！」

金太が悲鳴にも近い声を上げる。

おきわは何か考えているようだったが、亀蔵に目を戻すと、ふっと笑《え》みを作った。

「そうだ！　うちの二階じゃどうかしら？　席が足《た》りないってだけで、蕎麦なら作れるんだから、そうして下さいな。他の客には二階を使えなんてことは言えないけど、親分なら……。ねっ、そうして下さいな。これから空《あ》いた見世《みせ》を探し歩くより、そのほうがいいでしょう。金太さんなんて、空腹《からはら》で目が廻《まわ》りそうな顔をしてるじゃないですか！」

金太がへへっと月代《さかやき》に手を当てる。

「そうさせてもらおうか。こちとらは酒を飲むわけじゃねえんだからよ」

亀蔵の言葉に、金太がやれと眉《まゆ》を開く。

「済まねえな。じゃ、俺は盛りを二枚《にめえ》な。金太と利助、それに、お銀はどうする？」

「俺は盛り一枚《いちめえ》と、掛け一杯《いっぺえ》！」

金太が待っていましたとばかりに言うと、透《す》かさず、利助が続けた。

「俺は親分と同じで、盛り二枚《にめえ》！」

亀蔵の視線がお銀へと移る。

「おめえは？」

「あたしは盛りに天麩羅《てんぷら》をつけてもらいましょうかね」

お銀は澄ました顔でそう言ったが、天麩羅と聞いて皆が目をまじくじするのに気づくと、

「皆さんも天麩羅をおつけになったらいかがです？　あら、どうしました、その顔は……。嫌《いや》だね、勿論《もちろん》、あたしに馳走《ちそう》させてもらうのですよ。だから、安心して、食べたいものを上がって下さいな」

と片目を瞑《つぶ》ってみせた。

これが、つい今し方まで、他人《ひと》の財布を掠《かす》め取ろうとした女《おな》ごの言う言葉であろうか……。

三人は一瞬啞然《あぜん》としたが、金太に脇腹《わきばら》を小突かれ、亀蔵が慌てて答える。

「ああ、じゃ、馳走《ごち》になるとしようか」

「じゃ、決まりだね！　あたしは盛りは一枚でいいから、女将さん、盛りを六枚、掛け一杯。銘々に天麩羅をつけて下さいね。そうだ、金さん、おまえさん、天麩羅は別がいいのかえ？　それとも、掛けの上に天麩羅を載《の》せて、天麩羅蕎麦にするのかえ？」

「いや、俺ャ、その……、どっちでも……」

金太はしどろもどろである。

「だったら、皆と同じにしなさいよ。掛けの上に載せたけりゃ、自分で載せればいい

んだからさ！」

お銀は自信たっぷりな顔をして、おきわに、頼んだよ、と目まじした。

なんと、これが今し方まで潮垂れていた、お銀とは……。

亀蔵は狐《きつね》につままれたような想《おも》いで、彦蕎麦の二階に上がって行った。


おきわが諸蓋《もろぶた》に盛りと蕎麦猪口《そばちょこ》を入れて、運んで来る。

続いて、おきわの母親おたえが天麩羅を……。

成程《なるほど》、諸蓋を盆に見立てるとは、考えたものである。

「おたえよォ、すっかり元気になったじゃねえか！」

亀蔵が声をかけると、おたえは気恥《きは》ずかしそうに笑ってみせた。

「その節は、親分に心配をかけてしまい申し訳ありませんでした。お陰さまで、こうして見世を手伝わせてもらい、こんなあたしでもまだ少しは役に立つのかと思うと、生き甲斐《がい》を貰《もら》えましてね。ぐしぐしなんてしていられません」

「そうけえ。そいつァ良かった！　おっ、美味《うま》そうじゃねえか。見なよ、この穴子《あなご》のでっけェこと！」

手付き籠《かご》に盛られた穴子の天麩羅に、亀蔵が頬《ほお》を弛《ゆる》める。

手付き籠の中には、穴子の他に、車海老《くるまえび》、沙魚《はぜ》、蓮根《れんこん》、大葉《おおば》の天麩羅……。

見た目にも、芳《こう》ばしそうにカラリと揚《あ》がっている。

「後ほど、掛け蕎麦をお持ちしますんで……」

おきわが辞儀をして去って行き、おたえもそれに続いた。

「とにかく、話は蕎麦を食ってからってことで、おっ、食おうぜ！」

亀蔵が箸《はし》を取り、それからは、皆、食べることに専念した。

現在《いま》、金太は掛け蕎麦の汁《つゆ》を音を立てて飲んでいる。

そして、亀蔵は掛けと一緒に運ばれて来た蕎麦湯《そばゆ》を蕎麦猪口に移し、美味そうに飲んでいる。

お銀は急須《きゅうす》の茶を湯呑《ゆのみ》に注《つ》ぐと、皆に配っていった。

「金、利助、おめえらは蕎麦湯を飲んだら、先に帰《けえ》んな」

「親分は？　あっ、立場茶屋おりきに？　そう言ャ、今日はまだ、女将の顔を拝《おが》んでねえもんな！」

金太がひょっくら返す。

「藤四郎《とうしろう》が！　俺ャ、お銀と話があるのよ」

金太と利助が顔を見合わせ、それで平仄《ひょうそく》があったという顔をする。

どうやら二人とも、何ゆえ亀蔵がお銀を彦蕎麦に誘《さそ》ったのか、と疑問に思っていたようである。

それもそのはず、八年前まで、お銀は泣きのお銀と呼ばれていた。

何ゆえ、泣きのお銀と呼ばれるのかといえば、お銀は一人働きで、仮病《けびょう》を装《よそお》ってみたり、誰しも思わず貰い泣きをしてしまいそうな作り話をして同情を買い、相手が油断した隙《すき》を見て、懐のものを掠め取るのを手口としたからである。

お銀の得意《とくい》技《わざ》は、ここぞと思ったときに、涙がはらはらと頰を伝うことであろうか……。

聞くも涙語るも涙で、元気を出しな、と相手が肩に手をかけたその瞬間、相手の胸に泣き崩《くず》れ、すっと懐に指を忍《しの》ばせる。

大概の者が掏られたと気づくのは、お銀が顔を洗ってくると席を立った後のことで、そのときは後の祭り……。

お銀の姿はどこにも見当たらないのである。

十手《じって》を預かる亀蔵たちは、被害の届けが出るたびに地《じ》団駄《だんだ》を踏んで悔しがるのだが、現場を押さえない限り、手が出せない。

あの女ごが世にいう泣きのお銀と判《わか》っていても、どうやらお銀には並外《なみはず》れた嗅覚《きゅうかく》があるとみえ、後を跟《つ》けられていると察すと尻尾《しっぽ》を出さず、そのときに限って、一切《いっさい》、行動に移そうとしないのだった。

ところが、八年前のことである。

何を思ったのか、お銀のほうから亀蔵に近づいてきた。

「親分、あたしが誰か知っていますよね？」

お銀は見違えるほど、こざっぱりとした形《なり》をしていた。

どこから見ても、商家の内儀ふうである。

「知らねえわけがねえだろうが！　お銀、俺ャ、何遍、おめえに煮《に》え湯を飲まされたことか！」

亀蔵が忌々しそうに睨みつけると、お銀は袂《たもと》を口に当て、くっくと肩を揺《ゆ》らした。

「それはお気もじ（気の毒）さま……。けど、安心して下さいな。あたし、きっぱりと脚を洗いましたんでね」

お銀はそう言うと、幼い頃に離れ離れになった息子が、先《さい》つ頃《ごろ》自分を捜《さが》し出し、母として、引き取ると言ってくれたのだと説明した。

「十二年ほど前に神田《かんだ》亀井町《かめいちょう》、通油町《とおりあぶらちょう》と、浜町川沿《はまちょうがわぞ》いで大火があったでしょう？　あのとき、あたしの一家は焼け出されましてね。亭主や子を亡くしちまったんですよ。助かったのはあたしだけ……。いえ、つい先日まで、そう思っていたんですよ。ところが、上の息子が生き延《の》びていましてね。近所の者からあたしが助かったという話を聞いて、以来、ずっと貸本を担《にな》い歩きながら、あたしの行方《ゆくえ》を捜していたというんですよ。あの子、まあ、立派になって……。現在《いま》では、神田同朋町《かんだどうぼうちょう》に貸本屋の見世を出しているっていうんですよ。それで、あの子ったら、おっかさんには二度と苦労をさせたくないと言いましてね。お陰さまで、ほら！」

お銀は鮫小紋《さめこもん》の袖を広げてみせ、誇《ほこ》らしげな顔をした。

道理で、商家の内儀に見えたわけである。

「そんなわけで、息子に恥をかかせちゃならないのでね。きっぱりと、泣きのお銀とはおさらばえ！　そのことを、親分にだけはどうしても知っておいてもらいたくてさ……。今後、二度と逢《あ》うことはないと思うけど、万が稀《まれ》、どこかで出会《でくわ》したとしても、素知らぬ顔で徹《とお》して下さいな。後生一生《ごしょういっしょう》のお願いだ。口が裂《さ》けても、あたしが泣きのお銀だったと暴露《ばら》さないで下さいよ」

お銀は縋《すが》るような目で亀蔵を見ると、手を合わせた。

その一件は、下っ引きの金太や利助も承知していた。

が、そのお銀が八年ぶりに品川宿に姿を現し、再び、巾着切りをしようとしたのである。

金太や利助たちには、泣きのお銀をお縄《なわ》にかける絶好の機宜《きぎ》だというのに、何ゆえ、亀蔵がお銀を見逃し、そのうえ中食まで一緒にと思ったのかどうしても解《げ》せなかったが、やはり、亀蔵には何か思うところがあったのである。

「じゃ、あっしらはこれで……」

金太と利助が会釈《えしやく》して、階段を下りて行く。

入れ違いに、おきわが急須を手に入って来た。

「お茶のお代わりはどうかと思いましてね」

「もう暫《しば》くここを使わせてくれねえか？　ちょいとばかし、この女《ひと》と話があるんでね」

「どうぞ、いくらでもお使い下さいませ。見世のほうもやっと空《す》いてきましたが、やはり、ここのほうが落着いて話せますものね」

「済まねえな」

亀蔵とおきわがそんな会話を交《か》わしていると、お銀が帯の間から早道《はやみち》（小銭入れ）

を取り出し、小粒《こつぶ》（一分金）を一枚摘《つま》み出す。

「これで足りるかえ？」

おきわはとほんとした。

「足りるかだなんて、天骨《てんこち》もない！　盛りが六枚に掛け一杯で百十二文、天麩羅の盛り合わせが四人前で百二十八文。締めて二百四十文で、これではお釣《つ》りがきますよ。じゃ、ただいま、お釣りを……」

「いや、釣りは心付《こころづけ》だ。取っておくれ」

「そんな……。心付にしては多すぎます。では、半分だけ頂《いただ》くことにして、二朱《にしゅ》はお返しいたしますんで……」

「なんて欲のない女《ひと》なんだえ！」

「お銀、止《よ》しな。おきわはよ、立場茶屋おりきの女将から躾《しつ》けられてるのよ。過分《かぶん》な心付を受けちゃならねえとよ……。それによ、おめえの厚意《こうい》を受け取らねえと言ってるんじゃねえ。店衆《たなし》に煎餅《せんべい》を振る舞うくれェの心付は受けると言ってるんだからよ」

亀蔵が仕こなし顔に言う。

そうして、おきわが階下に下りて行くと、亀蔵は改まったようにお銀に目を据《す》えた。

「おめえが金に困っていねえことは解《わか》った。だがよ、それなら何故《なぜ》、他人《ひと》の懐を狙《ねら》おうなんて思った？」

「…………」

お銀はつと目を伏せた。

「息子に心配をかけさせたくてさ……」

「なに、心配をかけさせてェだと！　一体《いってえ》、そりゃどういうことかよ……」

亀蔵が訝《いぶか》しそうな顔をする。

「だって、息子も嫁も、あたしに何もさせてくれないんだよ。貸本屋の仕事って、結構、忙しくてさ。外廻りの手代《てだい》を併《あわ》せれば、店衆は二十人を下《くだ》らなくてさ……。嫁なんて、お端女《はした》に混じって席の温まる暇がないほど忙しく立ち働いているというのに、あたしが助《す》けようと手を出そうものなら、お義母《かあ》さんは坐《すわ》っていて下さい、何もしなくていいんですからと仕事を取り上げてしまう……。そりゃさ、言葉こそ優《やさ》しげで、一見、あたしを労《いたわ》っているようにみえるよ。けどさ、何もしないってことがどれだけ苦痛か解るかえ？　あたしにゃ、嫁が意地悪をしているとしか思えなくてさ……。堪《たま》りかねて、息子に何かさせてくれと頼んでも、俺はおっかさんにお端女の真似《まね》をさせたくて引き取ったんじゃねえ、おっかさんには好きなことをしてもらいてェと思ったからで、不自由しねえだけの金を渡してるんだから、芝居見物に行くとか、美味いものを食べ歩くとかしたらいいじゃねえかって言うだけでさ……。ふン、芝居見物も食べ歩きもしてみたさ。けど、一人で行ったって、面白《おもしろ》くもなければ、美味《おい》しくもない！　そんなもの、すぐに飽《あ》きちまうしさ……。次第に、あたしはなんのために生きてるんだろうと思うようになっちまってさ……。生きていくために、あの手この手と万八《まんぱち》（嘘《うそ》）を吐《つ》きまくり、嘘泣《うそな》きをしては他人《ひと》の同情を買い、懐のものを掠め取っていた頃が無性《むしよう》に懐《なつ》かしくなっちまってさ……。そりゃさ、万八を吐くのも、他人《ひと》のものを盗むのも、悪いことと知ってるさ。けど、そんなことをしてまで、生きることに懸命《けんめい》だったあの頃の気持に、もう一度戻りたくてさ」

亀蔵は咳《しわぶき》を打った。

「おめえよ、莫迦《ばか》も休み休み言いな！　確かに、何もすることがねえのは辛《つれ》ェと解る。生き甲斐がねえという、おめえの気持も理解できる。だがよ、だからといって、他人《ひと》のものを盗んでよいわけがねえだろうが！　おめえ、息子に心配《しんぺえ》をかけさせたかったと言ったよな？　そりゃ、おめえが盗みを働きしょっ引かれたと知れば、息子は心配《しんぺえ》どころか、肝《きも》が縮《ちぢ》み上がるだろうて……。けどよ、そこから何が生まれる？　息子とおめえの母子《おやこ》関係が崩れるだけで、何も生まれちゃこねえんだ！　生き甲斐なんてもんは、どこにでも転がっているもんでよ。おめえがそれに気づかずに素通りしているだけで、仮に、おめえに誰かの役に立ちてェという気があるのなら、他人《ひと》のために働いたっていいんだぜ」

「他人《ひと》のために働く……」

お銀が目を瞬《しばたた》く。

「おっ、だったら、おめえにいいものを見せてやらァ！」

亀蔵が立ち上がる。

えっと、慌ててお銀も腰を上げた。

「一体、どこへ……」

「まっ、いいから、黙ってついて来な」

亀蔵はそう言うと、ドタドタと足音も高く、階段を下りて行った。

あすなろ園では、高城貞乃《たかぎさだの》が女の子たちに綿虫《わたむし》の鞠《まり》を作らせていた。

鞴祭のこの日、綿虫を捕《つか》まえて綿に包み、五色の糸を周囲《まわり》に巻き締めて鞠にして遊ぶと、生涯、綿に困らないといわれていた。

綿虫は別名、雪蛍《ゆきぼたる》、雪婆《ゆきばんば》、大綿《おおわた》、雪虫《ゆきむし》と呼ばれる昆虫で、身体《からだ》に白い綿状の分泌物《ぶんぴつぶつ》を持っていて、初冬の風のない日にふわふわと空中を舞う。

これを捕《と》るのが男の子の役目で、裏庭では、勇次《ゆうじ》と悠基《ゆうき》が下足番《げそくばん》見習の末吉《すえきち》と一緒に綿虫捕りに余念がなかった。

亀蔵は子供部屋を覗くと、いいかえ？　と貞乃に声をかけ、お銀に中に入るようにと促した。

「ここは……」

お銀が訝しそうな顔をする。

「あすなろ園といってよ。孤児《みなしご》を集め、皆して家族のように暮らしてるんだ。こちらが高城貞乃さまといってよ、あすなろ園の寮母、つまり、子供たちのおっかさん役だ。貞乃さま、この女《ひと》にあすなろ園の仕事がどんなものなのか教えてやってくれねえかな」

貞乃が深々と辞儀をする。

お銀も慌てて威儀《いぎ》を正すと、頭を下げた。

「お銀です。それで現在《いま》、子供たちは何を作っているのです？」

「綿虫で鞠を作っているのですよ」

「綿虫で鞠とは……」

「ご存知ありませんこと？　綿虫を中に入れて鞠を作って遊ぶと、一生、綿に不自由しないという言い伝えがあるのですよ」

お銀はつと寂《さみ》しそうな顔をすると、首を振った。

その日暮らしの裏店で育ったお銀は、凡《およ》そ、鞠とは無縁の生活《たつき》を送ってきたのである。

「ほら、見て！　おいねの鞠、綺麗《きれい》でしょう？　みずきちゃんの鞠なんて、固く巻き締めていないから、ぐさぐさだよ。固く巻き締めないと、弾《はず》まないんだよね、貞乃先生！」

「そうね。固く巻いたほうが、鞠は弾むわね。みずきちゃん、キヲさんに手伝ってもらって、巻き直しましょうか。キヲさん、いいかしら？」

赤児《やや》の海人《かいと》と茜《あかね》を寝かしつけていたキヲを、貞乃が振り返る。

「おや、赤児もいるんですね」

お銀は驚いたように、目をまじくじさせた。

「それだけじゃねえぜ。裏庭に男の子がいただろ？　あいつらもあすなろ園の子供たちだ。この前《めえ》の地震で肉親を亡くした子や、親はいても世話をしてもらえねえ子なんだがよ……。まっ、みずきは俺の孫だがよ。双親《ふたおや》が八文屋《はちもんや》をやっていて忙しいもんだから、日中、こうして預かってもらっている」

亀蔵がそう言うと、どれどれと傍に寄ってきたキヲが、

「あたしの亭主は立場茶屋おりきで茶屋の板頭《いたがしら》をしていましてね。あたしも何か他人《ひと》さまの役に立ちたいと思い、乳飲《ちの》み子《ご》の海人を連れて、こうして毎日、ここで子供たちの世話をさせてもらっているんですよ」

と言い、みずきの手から鞠を受け取る。

「もう一遍、糸を解《ほど》いてみようね。最初《はじめ》からやり直しだよ」

すると、おせんが自分の鞠を掲《かか》げて見せた。

「あたしのは？」

「どれ、見せてごらん。ああ、やっぱり、おせんちゃんの鞠もぐさぐさだ。待ってなさい。みずきちゃんの鞠を直したら、おせんちゃんのも手伝ってあげるから、やり直しをしようね」

「あのう……」

お銀が怖《お》ず怖《す》ずと皆を見廻す。

「あたしに助けさせてもらえませんかね？　やったことはないけど、糸を固く巻き締

めることなら出来そうな気がしますんで……」

あらっと、貞乃が亀蔵を窺《うかが》う。

亀蔵は頷《うなず》いた。

「やらせてやんな。お銀はよ、今、生き甲斐探しをやってるんだからよ」

「生き甲斐探し……。糸を巻くのはそれほど大それたことではないと思いますが、えぇ、どうぞ、おせんちゃんも悦《よろこ》びますわ」

貞乃がそう言ったときである。

夕餉《ゆうげ》の下拵《したごしら》えを終えた榛名《はるな》が、旅籠《はたご》の板場から戻って来た。

「申し訳ありません。お客さまにそんなことをさせちまって……。あとはあたしがやりますので、もう……」

榛名がお銀に手を差し出す。

が、亀蔵がそれを制した。

「いや、榛名、やらせてやってくれねえか。この女《ひと》はお銀さんといってよ、他人《ひと》の役に立ちてェと思ってるんだからよ」

「はあ……」

状況が把握《はあく》できない榛名は、戸惑《とまど》ったように貞乃を見た。

「榛名さん、親分がおっしゃるように、やらせてあげましょうよ。お銀さん、この方はね、榛名さん……。この春、ご亭主を病《やまい》で亡くされましてね。天涯孤独《てんがいこどく》の身となり、現在、子供たちの世話や旅籠《はたご》衆の賄《まかな》いをやって下さっているのですよ」

「そういう貞乃さまはよ、南本宿《みなみほんじゅく》の内藤素庵《ないとうそあん》さまの姪《めい》ごさんだ。お武家の出だが、双親を亡くされ素庵さまを頼って国許《くにもと》から江戸に出て来られたんだが、あすなろ園が出来たため、子供たちに手習や躾《しつけ》を教える者が必要となってよ。それで、立場茶屋おりきの女将が寮母として貞乃さまに白羽の矢を立てられたのよ。つまりよ、このあすなろ園は、立場茶屋おりきが運営しているってことでよ。貞乃さまにしても、榛名やキヲにしても、大《てぇ》した報酬《ほうしゅう》を貰っているわけじゃねえ……。皆、女将の心意気に胸を打たれて奉仕してるんでよ。その中に、生き甲斐を見出《みいだ》しているともいえる……。なっ、俺がおめえに見せたかったのは、このことでよ。世の中には、銭金《ぜにかね》のために動く人間ばかりいるんじゃねえということを知ってもらいたかったのよ」

お銀はうんうんと頷くと、肩を顫《ふる》わせた。

どうやら泣いているようだが、亀蔵の見るところ、この涙は本物のようである。

事情が解らない貞乃、榛名、キヲの三人は顔を見合わせ、困じ果てたような顔をした。

「いいってことよ、泣かせてやんな。誰しも、たまにゃ、心《しん》から泣きてェときがあるからよ」

亀蔵がけろりとした顔で言う。

「じっちゃん、泣かせちゃ駄目じゃないか！」

みずきが亀蔵を睨みつける。

「そうだよ！　苛《いじ》めちゃ駄目だ。親分の意地悪！」

おいねまでが怒ったような顔をする。

お銀は顔を上げると、首を振った。

「違うんだよ。苛められたんじゃないんだよ。婆《ばあ》ちゃんね、嬉《うれ》しくて泣いてるんだよ。親分の優しさや、皆さんの他人《ひと》に尽くす気持に打たれ、涙が出ちまったんだよ……」

貞乃がお銀にそっと手拭《てぬぐい》を渡す。

「何があったのか知りませんが、ここでよければ、いつでもお越《こ》し下さいな。わたくしたちは独りじゃないのですからね。支え合って生きているのです。わたくしもここに来て初めてそのことを知りました。教えて下さったのは、おりきさま……。そう、ここの女将ですけどね。おりきさまは立場茶屋おりきに集《つど》うものは、皆、家族とお思いなのですよ」

「この三人だけじゃねえぜ。洗濯場にはとめ婆さんという怖《こえ》ェ婆さんがいるがよ。あいつだって、ここに来て、どれだけ幸せを貰ったことか……。そう言ャ、此の中、とめ婆さんの面差《おもざ》しから角が取れたもんな！」

亀蔵がひょうらかしたように言う。

「親分たら、そんなことを言って！　とめさんが聞いたら、ただでは済みませんよ」

「おお、怖《こえ》ェ！」

亀蔵はそう言うと、じゃ、俺ャ、女将の顔をちょいと拝んでくるからよ、と立ち上がる。

お銀が不安そうに、亀蔵の姿を目で追う。

「大丈夫《でえじょうぶ》だ。半刻《はんとき》（一時間）もしたら戻って来るから、それまで、おめえは餓鬼どもと遊んでな。それとも、急ぐかえ？　神田に帰《けえ》るのなら、四ツ手（駕籠《かご》）を拾ってやるが……」

「いえ、別に急ぎはしないけど……。じゃ、ここで待ってます」

お銀は迷いが吹っ切れたかのように、冴《さ》え冴《ざ》えとした笑みを見せた。

亀蔵が帳場に入って行くと、おりきと板頭の巳之吉《みのきち》が夕餉膳《ゆうげぜん》の打ち合わせをしていた。

その傍《かたわ》らでは、番頭見習の潤三《じゅんぞう》が巳之吉の説明を一言一句《いちごんいっく》聞き漏《も》らすまいと、留帳《とめちょう》を手に筆を走らせている。

が、どうしたことか、大番頭の達吉《たつきち》の姿が見えない。

「おっ、邪魔《じゃま》するぜ。いいから、俺に構わず続けてくんな」

亀蔵は潤三の隣にどかりと坐ると、胡座《あぐら》をかいた。

「申し訳ありません。もう終わりますので……」

おりきは亀蔵に目まじすると、巳之吉に視線を戻した。

「解りました。では、今宵《こよい》の夕餉膳はこれでいくことにしましょう。ああ、それから、蕪粥《かぶがゆ》をもう一人前作ってくれると有難《ありがた》いのですが、構わないかしら？」

巳之吉が目許《めもと》を弛める。

「大番頭さんのことでやしょ？　あっしもそのつもりでおりやした」

「では、大番頭さんの蕪粥が出来たら声をかけて下さいね。わたくしが運んで行くつもりですので……」

「達《たつ》つァん、どうかしたのかえ？」

亀蔵が割って入る。

「風邪《かぜ》を引いたみたいで、昨日から臥《ふ》していますのよ」

「ほう……。これから本格的な冬に入《へえ》るというのに、今から風邪を引いてたんじゃ、この冬が越せねえじゃねえか。永年《ながねん》、風邪ひとつ引かねえのが自慢と豪語《ごうご》していたくせして、達つァんも遂《つい》に焼廻《やきまわ》っちまったってことか……」

「それが、少し質《たち》の悪い風邪のようで、高熱が出ましてね。うちでは、大番頭の他に追廻《おいまわし》が二人、茶屋衆《ちゃやし》では茶立女《ちゃたておんな》が一人に追廻が一人……。客商売ですからね、お客さまにうつしでもしたらと思い、すっかり治《なお》るまで見世に出さないようにしていますの」

おりきが眉根《まゆね》を寄せる。

「大番頭がいねえとなったら、潤三、責任重大だな。や、い、い、やりくじりのねえようにするんだぜ！」

亀蔵が潤三を睨めつける。

潤三は慌てて、へい、と頷いた。

「じゃ、あっしはこれで……」

巳之吉が頭を下げ、板場に戻って行く。

おりきは亀蔵のために茶を淹《い》れようと、急須のお茶っ葉を杯洗《はいせん》に空け、茶筒《ちゃづつ》の蓋《ふた》を開ける。

「だがよ、こうなってみると、番頭見習に潤三を雇《やと》っていてよかったよな？　潤三がここに来て十月《とつき》か……。それだけありゃ、番頭の仕事はひと通り熟《こな》せるだろうからよ」

潤三が挙措《きょそ》を失い、片手を振る。

「俺なんか、ひよっこもひよっこ！　大番頭さんに手取り足取り指導してもらわなきゃ、一人じゃ何も出来ねえんだから……。それで、こうして次は何をやらなきゃならねえのかと、留帳を片手に右往左往《うおうさおう》している始末で……」

おりきは湯呑を亀蔵の前に置くと、偉いでしょう？　と目許を弛める。

「普通はここまで気がつきませんものね。それを潤三ったら、誰に言われたというわけでもないのに、これまで達吉から教わったことを逐一《ちくいち》書き留《と》めていたのですものね。お陰で、病床の達吉にいちいち質《ただ》すこともなく、番頭の仕事を熟すことが出来るのですからね」

「さすがは、達つァんが見込んだだけのことはあるってことか……。が、そうなると、達つァんにしてみれば、嬉しくもあり寂しくもありってことでよ……。だって、そうだろうが！　弟子なんてものは、ゆっくりときをかけて成長してくれればいいが、あんまし早く追いつかれたんじゃ、てめえの居場所がなくなっちまうからよ」

「いえ、そんな……。俺はまだまだ大番頭さんから教わらなきゃならないことが山ほどあって……。第一《でえいち》、未《いま》だにお客さまの顔と名前が一致しねえうえに、大番頭さんのように、お客さまの好みや癖まで憶《おぼ》えきれねえんで……」

「そりゃそうさ。達吉が何年大番頭を務《つと》めてきたと思う？　先代の女将が鶴見《つるみ》村横町《むらよこまち》に見世を出したときからだから、うン十年だ。なっ、おりきさんよ、おめえだって、大番頭から教えられることばかりだったんだよな？」

「ええ。大番頭さんがいてくれなければ、わたくしはとても女将の座が務まりませんでした。ですから、達吉にはなんとしてでも元気になってもらわなければ……。潤三が独り立ちするには、まだまだときがかかりますからね」

「それで、蕪粥かよ。耳《みみ》慣《な》れねえ粥だが、美味《うめ》ェのかよ」

「ええ、わたくしは一度食したことがあるのですけどね。やはり、風邪気味でどこかしら怠《だる》いと感じていましたら、巳之吉が身体が温まり、滋養がつくからと作ってくれましてね。お粥の中に擦《す》り下ろした聖護院蕪《しょうごいんかぶら》を加え、更《さら》に薄く切った蒸《む》し鮑《あわび》と生卵を加えて、仕上げに、焼き海苔《のり》が散らしてありましてね。そうですね、味は蕪に染《し》ませた淡口醤油《うすくちしょうゆ》と鮑の塩気だけで、潮《しお》の香りに海苔の芳ばしさが加わり、それはそれは食が進みましたことよ」

「ほう、そいつァ美味そうじゃねえか！」

「いつか、親分にも馳走するようにと巳之吉に言っておきましょうね」

「へへっ、そいつァ有難《ありがて》ェが、生憎《あいにく》、俺ャ、丈夫だけが取り柄《え》で、寝込むなんてことがねえもんでよ！」

「あら、達吉もそう言っていたのですよ。ですから、自分の身体を過信するものではありませんわ。それに、蕪粥は病人が食べるだけではありませんのよ。現に、今宵の夕餉膳の締めとして、お客さまにお出しすることになっているのですもの」

「じゃ、今宵と言いてェところだが、お銀が一緒じゃそうもいかなくてよ……。じゃ、そのうち馳走《ごち》になるとすっか！」

「お銀さんとは……」

おりきが怪訝《けげん》な顔をすると、おお、そのことなんだけどよ、と亀蔵がひと膝《ひざ》前に身を乗り出す。

潤三が機転を利《き》かせ、じゃ、あっしはこれで……、と帳場から出て行く。

「実はよ……」

亀蔵はお銀が現在《いま》あすなろ園を見学していると言い、そうなった経緯を説明した。

おりきは神妙《しんみよう》な顔をして聞いていたが、お銀が品川神社で巾着切りをしようとしたところを、間一髪、亀蔵が止めたのだと聞くと、驚いたように目を瞠《みは》った。

「息子に心配をかけさせたくて、わざと他人《ひと》のものに手を出そうとしたというのですね。けれども、泣きのお銀と呼ばれたほどの女《ひと》ならば、そんなに容易《たやす》く捕まるはずがないのでは……。たまたま、今日は親分が現場に居合わせ、お銀さんが懐に指を入れる前に呼び止めたのだけど、親分がその場にいなければ、お銀さん、その男の財布を掠め取っていたのでしょう？　成功していれば、息子は母親が掏摸《すり》だと気づかないままなのですもの、お銀さんの話はどこかしら妙ですわ」

「そうなんだよな……。だが、お銀が言うには、あいつ、俺が品川神社にいることを知っていたんだとさ。お銀はわざと俺の目の前で盗みを働こうとしたんだが、財布に指がかかる前《めえ》に、俺が呼び止めたもんだから、捕まることが出来なくなった……、自分にそんな気を起こさせたのは、息子夫婦が金さえ与えておけばいいとばかりに無視《ひと》するからなんだ、これでは自分が存在する意味がない、こんなことになったのは、他人《と》のために尽くすという生き甲斐がないからだと……。そう言われたからには、俺も乗りかかった船だ。ひと肌脱ぎたくなっちまってよ。それで、あすなろ園で奉仕する貞乃さまや榛名、キヲの生き方を見せてやったのよ。あいつ、涙を流して感激していたぜ。泣きのお銀の涙だが、俺ャ、あの涙だけは本物のように思えてよ……」

「そうかもしれませんね。彦蕎麦のおたえさんだって、おいねちゃんが手を離れ、おきわから足手纏《あしでまと》いになるから見世の手伝いをしなくてよいと言われたばかりに、自分の存在価値を見失い、気の方《かた》（気鬱《きうつ》）に陥《おちい》ったのですものね。そう考えてみると、お銀さんが巾着切りをして鬱屈《うっくつ》した気持を晴らそうと思ったのも解らなくはありませんね。でも、よく、罪を犯《おか》す前に止めて下さいましたね。さすがは、親分ですわ！」

「そりゃそうよ。せっかく、堅気《かたぎ》の女ごになれたんだ。二度と、悪の道を歩かせたくねえからよ」

「では、お銀さんはこれからは他人《ひと》のためなることをやりたいと言っておられるのですね」

「ああ、そういうことだ。それでよ、おめえに頼みがあるんだが、時折、お銀があすなろ園に顔を出してもいいかえ？　といっても、あいつは神田同朋町だからよ。そんなに再々来ることは出来ねえだろうが、また行き場を見失うようなことがあれば、あすなろ園を訪ね、子供たちの世話を手伝ってみな、と言ってやりたくてよ」

「勿論、構いませんことよ。うちでよければ、いつでもお越し下さいと伝えて下さいませ」

「済まねえな。じゃ、俺ャ、あすなろ園にお銀を待たせてるんで、今日のところは帰《けえ》るわ。達つァんに早く風邪を治せと伝えてくんな。見舞ってやりてェが、それはまたってことで、宜《よろ》しく伝えてくれ」

「解りました。親分こそ、風邪を引かないように気をつけて下さいね。素庵さまの話では、流行風邪《はやりかぜ》だとか……。大事にならなければよいのにと案じていますのよ」

「ヘン、俺ャ、大丈夫《でえじょうぶ》だ！　風邪のほうがおっかながって逃げていくもんでよ」

「まっ、とめさんと同じことを言って……」

「止せやい！　あの婆さんと一緒にされて堪るもんか。じゃあな。おめえのほうこそ、気をつけなよ！」

亀蔵はそう言うと、せかせかと帳場から出て行った。

おりきは膳《ぜん》に行平《ゆきひら》と椀《わん》を載せ、旅籠の裏手にある二階家へと向かった。

この二階家は、下足番の善助《ぜんすけ》が使っていた小屋が前年の地震で全壊し、その跡地《あとち》に建てたものである。

おりきはこの際ここを達吉や巳之吉、善助、とめ婆さんたちの宿舎にしたいと思い、思い切って堅牢《けんろう》な二階家にしたのであるが、ここに入るのを愉《たの》しみにしていた善助は、完成を間近に控《ひか》え、帰らぬ人となってしまったのだった。

そのため、現在《いま》この二階家に寄宿しているのは、一階に大番頭の達吉、洗濯女のとめ婆さん……。

それに、当初は茶屋の板頭弥次郎《やじろう》に使わせるつもりだった部屋に、急遽、番頭見習の潤三が入ることになり、各々《おのおの》、一部屋が与えられていた。そして二階には、巳之吉の部屋に、下足番の吾平《ごへい》と末吉の部屋……。

吾平と末吉は同室だが、巳之吉はなんといっても立場茶屋おりきの花板《はないた》とあって、八畳の部屋を一人で使っていた。

おりきは一階の厨脇《くりやわき》にある達吉の部屋まで行くと、障子《しょうじ》の外から声をかけた。

「達吉、入りますよ」

部屋の中からくぐもった声が返ってくる。

「あっ、女将さん……。どうぞ……」

おりきがそっと障子を開け、部屋の中に入って行く。

「おや、灯《あか》りも点《つ》けないで、真っ暗ではないですか」

そう言うと、膳を畳《たたみ》の上に置き、手燭《てしょく》を手に枕許《まくらもと》の行灯《あんどん》へと寄って行く。

角行灯《かくあんどん》の火袋《ひぶくろ》（障子）を上げ手燭の灯《ひ》を灯心《とうしん》に移すと、ようやく、部屋の中にぼんやりとした明るさが戻り、おぼおぼとした光の中に達吉の無精髭《ぶしょうひげ》が浮かび上がった。

癇性《かんしょう》な達吉は毎朝髭を当たっていたので今まで気づかなかったが、こうして改めて見ると、頭髪《とうはつ》ばかりか髭までが胡麻塩《ごましお》となっている。

それが一層達吉を老《お》いてみせ、おりきの胸がきりりと痛んだ。

「具合はどうですか？　熱は……」

そう言い、達吉の額に手を当て、おりきは顔を曇《くも》らせた。

「まだ下がらないようですね。けれども、素庵さまに調剤してもらった薬を飲むためにも、何か少しでもお腹《なか》に入れなければなりません。巳之吉がね、蕪粥を作ってくれましたのよ。元気を出して、少し食べてみませんか？」

「気を遣《つか》わせて済みやせん……」

達吉が起き上がろうとする。

「無理をするものではありません。寝ていて構いませんよ。わたくしが食べさせてあげますので……」

おりきは行平の蓋を取ると、れんげで椀に取り分け、フウフウと息を吹きかける。

「女将さんにそんなことをさせちまって、あい済みやせん……」

「何を言っているのですか。病のときは甘えていいのですよ。さあ、お上がりなさい」

達吉は蕪粥を口にし、ごくんと飲み込んだ。

「いかがです？　蕪が入っているので、身体が温まりますよ。さあ、もうひと口……」

再び、おりきが達吉の口許《くちもと》にれんげを近づける。

達吉の目に涙が盛り上がり、行灯の灯を受け、きらりと光った。

「有難《ありがて》ェこって……。女将さんにこんなことをしてもらったんじゃ、罰《ばち》が当たりやす」

おりきは胸元から懐紙《かいし》を取り出すと、そっと達吉の涙を拭《ぬぐ》ってやった。

「さあ、食べましょうか。鮑も入っていますが、消化しにくいと思うので、これは止しておきましょうね……。身を食べなくても、鮑の旨味《うまみ》は存分に粥の中に出ていますからね。それで、敢《あ》えて、鮑を抜くようにと巳之吉に言わなかったのですよ」

「美味《うめ》ェ……。ただの粥とは違うと思ったが、本当に美味ェ……」

達吉の目に再び涙が盛り上がる。

正《まさ》な話、発熱すると舌の感覚が鈍《にぶ》り、粥の味など分からないであろうに、それでも、美味いと言って涙ぐむ達吉……。

おりきや巳之吉の優しい気遣いが、達吉には何よりの馳走なのであろう。

達吉は行平の半分ほど食べてくれたであろうか……。

おりきが吸呑《すいのみ》を手に、達吉に白湯《さゆ》を含ませる。

「潤三の奴、やりくじりをしてやせんか？」

達吉が不安そうな目をおりきに向ける。

「潤三は何一つやりくじることなく、番頭の仕事を熟していますので安心なさい。短い間に、よくここまで潤三を仕込んでくれましたね。此度《このたび》のことで、わたくしはおまえの人を見る目の確かさに感服しました。堺屋《さかいや》の番頭見習だった潤三を、自分の跡を継《つ》ぐのはこの男しかいないとおまえが推挙《すいきよ》したとき、当時二十一歳と若年《じやくねん》の潤三を見て、この子が一人前になるのはまだまだ先のことなのに、本当にこれで大丈夫なのだろうかと些《いささ》か危惧《きぐ》したのですが、達吉、おまえは潤三の為人《ひととなり》を見抜いていたのですね。潤三は一を聞いて十を知る男だと……」

「そう言っていただけると、あっしも嬉しいでやす。これでもう、いつお迎えが来ても、安心してあいつに旅籠を託《たく》せやす」

達吉の言葉に、おりきの胸がきやりと揺れた。

「莫迦なことを言うものではありません！　潤三にもわたくしにも、いえ、立場茶屋おりきには、達吉が必要なのです。おまえには一日も早く恢復《かいふく》してもらわないと困ります。このわたくしが断じてお迎えなど来させませんからね。覚悟していて下さいよ！」

またもや、達吉の頰を涙がはらはらと伝った。

「いけねえや……。女将さんにそんなことを言われたんじゃ、嬉しくって涙が止まらねえ……。へへっ、すっかり焼廻っちまってよ。何かといえば、涙が出ちまう……」

「何を弱気な！　高々《たかだか》、風邪ではないですか。素庵さまがおっしゃっていましたよ。温かくして身体を休め、滋養のあるものを食べていれば、四、五日で動けるようになるだろうと……。おまえはこれまで無理をしてきたのですもの、少し休むようにと神仏が与えて下さった休息のときと思うことです。さっ、薬を飲みましょうか」

「へい」

おりきは達吉に薬を飲ませると、部屋の中を見廻した。

「何か……」

「溲瓶《しびん》が見当たりませんが……」

達吉は慌てた。

「滅相もねえ！　女将さんにそんなことをさせるわけには……」

「けれども、おまえ……。それでは困るでしょうに……」

「いえ、潤三が一刻《いっとき》（二時間）ごとに覗いてくれやすんで……。あいつが厠《かわや》まで連れて行き、何から何まで世話を焼いてくれやすんで、女将さんは心配《しんぺえ》をなさらねえで下せえ」

「まあ、潤三がそんなことまで……」

おりきの胸に熱いものが衝《つ》き上げてくる。

と、そのとき、計《はか》ったように潤三が部屋の外から声をかけてきた。

「女将さん、そろそろ客室の挨拶《あいさつ》に行かれたほうが宜しいかと……。あとは俺に委《まか》せて下せえ」

「解りました」

おりきは達吉に目を戻すと、明朝、また様子を見に来ますので、ゆっくり休むのですよ、と声をかけて立ち上がった。

おりきと入れ違いに、潤三が入って来る。

すれ違いざま、ちらと見えた潤三の顔……。

僅《わず》か二日の間に、潤三はなんと凜々《りり》しい面差しになったことか……。

「頼みましたよ」

おりきは潤三に目まじすると、二階家を後にした。


今宵の浜千鳥《はまちどり》の間は、神田同朋町の下駄商矢崎屋《げたしょうやざきや》、同じく同朋町の道具商夷屋《どうぐしょうえびすや》、版元紀泉堂《はんもときせんどう》の三人である。

職種の違うこの三人は幼馴染《おさななじみ》ということで、年に一度、江之島詣《えのしまもうで》にことかけて、こうして立場茶屋おりきで宿泊するのを愉《たの》しみにしていた。

「正な話、江之島詣なんて口実《こうじつ》にすぎませんからね。あたしら、何が愉しくて年に一度こうして旅に出るかといえば、立場茶屋おりきで気扱《きあつかい》のある接待を受け、板頭の料理を堪能《たんのう》したいからでしてね。なっ、紀泉堂、そうだよな?」

矢崎屋周五郎《しゅうごろう》がそう言うと、紀泉堂文右衛門《ぶんえもん》も大仰《おおぎょう》に相槌《あいづち》を打つ。

「まさに、その通り！　ごらんよ、今宵の会席膳《かいせきぜん》も見事じゃないか。この八寸《はっすん》の気が利いていること……。織部《おりべ》の角鉢《かくばち》の中に、柚子釜《ゆずがま》に入った蟹《かに》の菊花和《きっかあ》えだろ？　それに、鯖寿司《さばずし》、子持鮎《こもちあゆ》の煮浸《にびた》し、車海老、菊花蕪《きっかかぶ》、銀杏《ぎんなん》の松葉差《まつばざ》し……。しかも、紅葉《もみじ》や銀杏《いちょう》を象《かたど》った人参《にんじん》が散らしてあり、いかにも冬隣《ふゆどなり》といった風情《ふぜい》だぜ」

「それに、造《つく》りの末枯《すえが》れ盛りというのが、なんと乙粋《おついき》なことか……。枯れた朴《ほお》の葉を器《うつわ》に見立て、しめ鯖、車海老、平目《ひらめ》の薄造りが盛ってあり、紅葉や銀杏を象った南瓜《かぼちゃ》や赤大根《あかだいこん》が飾ってあるのだからよ」

　夷屋松三郎《まつさぶろう》も感嘆の声を上げる。

「どれどれ、今宵はこの後、何が出るのかな？」

　周五郎がお品書《しながき》を手にする。

「なになに、既《すで》に、先付《さきづけ》、八寸、椀物《わんもの》、造りまでが出ただろう？　するてェと、次は焼物《やきもの》に炊《た》き合わせ、酢物《すのもの》、留椀《とめわん》、そしてご飯ものとして、蕪粥となる……。はて、蕪粥とは一体……」

「粥の中に擦り下ろした蕪と蒸し鮑、生卵を加え、焼き海苔を散らしたものですが、うそ寒くなって参りましたので、身体が温まるかと思います」

　おりきがふわりとした笑みを返す。

「そう、それそれ！　女将のその艶冶《えんや》な微笑《ほほえ》みが、あたしには何よりの馳走……。女将の笑みに勝《まさ》るものはないからよ！」

松三郎が浮かれたように言うと、文右衛門が調子に乗るなとばかりに目で制す。

「夷屋！　おまえって奴はどうしてそうなんだ。見なよ、女将が困ったような顔をしているではないか！」

「紀泉堂、そう言ってやるものではない！　夷屋が言うように、あたしだって、女将の笑顔が見たくてここに来るといってもよいのだからね」

周五郎が助け船を出す。

「まあ、嬉しいことを……。わたくしもそう言っていただけて光栄にございます。皆さま、本当に仲がお宜しいのですね。軽口を叩《たた》かれていても、互いに心底《しんそこ》信頼しておられるのがよく解りますもの……。幼馴染って、よいものなのですね」

おりきが三人の顔を見比べながら言う。

「ああ、同朋町はどっちを向いても知己《ちき》ばかりだが、中でも取り分け、この三人は刎《ふん》頸《けい》の交《まじ》わりといってもよいからのっ」

周五郎が、なあ？　と文右衛門の顔を見る。

おりきはふと貸本屋をやっているという、お銀の息子のことを思った。

亀蔵の話では、確か、神田同朋町にその見世はあるという。

「ひとつお訊《たず》ねしたいのですが、同朋町に貸本屋はございます？」

おりきは思い切って訊ねてみた。

「貸本屋……。見世の名前はなんといいますかな？」

文右衛門がおりきに目を据える。

「それが、見世の名前までは……。やはり、これでは判りませんよね」

いやっと、文右衛門は首を振った。

「神田同朋町は狭《せま》い町ですからね。裏店のことまでは判りませんが、表店《おもてだな》なら……。

おっ、待てよ……。確かに、にこにこ堂という貸本屋がありましたよ」

「そう、にこにこ堂！　だが、あそこは確か三年前に身代限《しんだいかぎ》りをしたのでは……」

周五郎がそう言うと、文右衛門が仕こなし顔に頷いた。

「うちは版元ですからね。にこにこ堂に洒落本《しゃれぼん》や黄表紙《きびょうし》、狂歌本《きょうかぼん》などを卸《おろ》したことがありましてね。ところが、三年ほど前から次第に支払いが遅れるようになりましてね。これは雲行きが怪《あや》しいぞと案じていたところ、案の定、夜逃げ状態で雲隠《くもがく》れしてしまいましてね。まっ、うちは三両ほどの掛け売りだったので、もう諦《あきら》めていますがね」

「白木屋《しらきや》という呉服屋《ごふくや》が身代限りをした後に入った見世だろ？　あの場所は祟《たた》りでも

あるのか、誰が見世を出しても長続きをしない……。なんだかどっとしませんね」

「あたしが聞いた話では、にこにこ堂の主人《あるじ》はなかなかの苦労人で、担いの貸本業から一代であそこまで見世を大きくしたというが、一体、何があったのだろう……」

「質《しち》の流れと人の行《ゆ》く末は知れぬといいますからな……。一見、地道な商《あきな》いをしているように見えても、内証《ないしょ》は火の車ってこともある。だが、身代限りをするほど金繰《かねぐ》りが悪くなっていたとは思いもしなかったぜ」

「そう、それよ！　にこにこ堂は旦那も内儀も地味な人で、あまり近所付き合いをしないものだから、何を考えているのか解らなかっただろ？　あれじゃ、手を貸そうにも杓文字《しゃもじ》で腹を切るようなもんでよ。我々としては、知らぬ顔の半兵衛《はんべえ》を決め込むより仕方がないではないか！」

三人は口々に言い、苦虫《にがむし》を嚙《か》み潰《つぶ》したような顔をする。

だが、これでは、そのにこにこ堂がお銀の息子の見世なのかどうか判らない。

「またどうして、女将はにこにこ堂のことを気にするのかな？」

文右衛門がおりきを窺う。

「いえ、なんでもありませんのよ。お忘れ下さいませ」

お銀のことにそこまで立ち入るつもりのなかったおりきは、慌てて頰に笑みを貼《は》りつけた。

と、そこに、おうめとおきちが二の膳を運んで来た。

二の膳は焼物と炊き合わせ、酢物である。

今宵の焼物は、乾山写色絵長方皿《けんざんうつしいろえちょうほうざら》に盛った、甘鯛《あまだい》の焼物……。

そして、炊き合わせが海老芋《えびいも》と助子《すけこ》の旨煮《うまに》春菊《しゅんぎく》添えで、柚子《ゆず》皮《がわ》の千切《せんぎ》りがたっぷりと載せてある。

続いて、酢物は平目《ひらめ》竜皮巻《りゅうひまき》の胡瓜《きゅうり》添《ぞ》えで、これは備前向付《びぜんむこうづけ》に盛りつけられていた。

おりきは辞儀をすると、次の間に下がろうとした。

すると、そのとき周五郎が何気なく放った言葉が、おりきの胸をきやりと揺らした。

「だが、にこにこ堂の婆さんは実に派手《はで》な女ごでしたな。だってそうでしょう？　旦那や内儀は形振《なりふ》り構わず我勢《がせい》しているというのに、あの婆さんはいつ見ても常綺羅《じょうきら》でさ。芝居見物だかなんだか知らないが、出歩いてばかりいたからね」

「まさか、それで身代限りをしたわけではないだろう……。いくら金遣《かねづか》いが荒いといったところで、婆さん一人が遣う金なんてたかが知れているからよ。その程度のことで屋台骨《やたいぼね》が傾《かたむ》くなんてことがあって堪るかよ！」

文右衛門が嗤《わら》った。

おりきは居たたまれない想いで、もう一度頭を下げると浜千鳥の間を辞した。

誰のことであれ、もうこれ以上は聞きたくないと思ったのである。

おりきは客室の挨拶を終え帳場に戻ると、茶屋の二階の使用人部屋で臥している、店衆を見舞った。

茶屋の追廻又三《またぞう》に茶立女のおなみ、そして、旅籠の追廻政太《せいた》と昇平《しょうへい》の四人である。

「熱は下がりましたか？　昇平は随分と楽になったようですね。弥次郎に言っておきましたが、滋養のあるものを食べて下さいね」

「なんだか、おいらが大番頭さんに風邪をうつしちまったようで、申し訳なくて……」

昇平は蒲団《ふとん》の上に起き上がり、気を兼ねたように頭を下げた。

「気にするのではありませんよ。昇平は自分の身体のことだけを考えていればよいのですからね」

「俺、熱も下がったし、明日から仕事に戻ろうかと思って……」

「それは、明日、素庵さまに診《み》てもらってから決めましょうね。完治《かんち》していないのに無理をして、そのために他の店衆まで倒れるようなことになったら大変ですもの。政太も又三も解りましたね？」

三人は観念したかのように、へい、と頷いた。

続いて、蒲団部屋で臥しているおなみを見舞う。

現在《いま》のところ、女衆《おなごし》で風邪を引いたのはおなみだけで、可哀相《かわいそう》だが他の者にうつさないために、急遽、蒲団部屋を病室としたのである。

おなみはおりきの顔を見ると、勝ち栗がくしゃみしたような顔をくしゃくしゃに歪《ゆが》め、心細そうに呟《つぶや》いた。

「あたし、誰にうつされたのでしょう。茶立女の中で風邪を引いたのがあたしだけだなんて……。こんなところで寝ていたら、たった独りで三途《さんず》の川を渡るような気がして……。怖くて、心細くて堪らない……」

「おなみはまだ熱が高いようですね。それで、悪夢に魘《うな》されたのでしょう。もう少しの辛抱《しんぼう》ですよ。およねに時折おまえの様子を見るようにと言っておきましたが、顔を出してくれているのですよね？」

「半刻《はんとき》（一時間）に一度顔を出してくれます。それに、おまきがよく面倒を見てくれて……。あたし、おまきにはいつも憎体口《にくていぐち》を利いてばかりだったんで、申し訳なくって……。こんなことになるのなら、もう少し優しくしておけばよかった……。病にならなきゃそれが解らないなんて、あたしって、莫迦な女ごですよね」

「おまきはこれまで随分と辛酸《しんさん》を嘗めてきたので、それで、他人《ひと》の痛みが解るのですよ」

「そうなんですよね。他の者は風邪がうつるのを警戒してここに寄りつかないのに、おまきだけはあたしのことを気にかけてくれ、粥を食べさせてくれたり、厠まで連れてってくれたり、頭を冷やしてくれるんですよ。そればかりか、寝る前に、今日は茶屋でこんなことがあったよって、あれこれと話して聞かせてくれてさ。きっと、あたしが独りで寂しがっていると気を遣ってくれているのだと思うと、嬉しくって……」

おなみの目できらりと涙が光った。

おりきは枕許の盥《たらい》に手拭を浸すと、固く絞《しぼ》っておなみの額に当てた。

おなみは手拭を目許まで下げると、肩をビクビク顫わせた。

泣いているのであろう。

おりきが蒲団の上からおなみの胸をポンポンと叩く。

「ゆっくりお休み。もう暫くの辛抱ですからね」

「まあ、みずきちゃん、なんて愛らしいんだろう……。まるで、大店《おおだな》のお嬢さまのようじゃないか！」

裏庭からキヲの興奮した声が聞こえてきて、子供部屋にいた貞乃や子供たちが慌てて表に飛び出した。

「わァ、みずきちゃん、お姫さまみたい！」

「ホントだ！　みずきちゃん、綺麗だよ」

おいねとおせんが羨《うらや》ましそうに寄って行く。

みずきは梅に鳳凰柄《ほうおうがら》の振袖《ふりそで》を纏い、得意げに両袖を広げてみせた。

その傍らで、亀蔵が満足げに小鼻を膨らませ、にたにたとほくそ笑んでいる。

今日は七五三……。

亀蔵にとっては目の中に入れても痛くない、みずきの帯解《おびとき》の日であった。

といっても、みずきは六歳。本来ならば帯解は来年になるが、何事にもせっかちな亀蔵が一年も待てないとばかりに、帯解の祝いを早めると言い出したのである。

慌てたのはこうめばかりではなかった。

おりきも貞乃も、現在《いま》は小石川《こいしかわ》称名寺《しようみようじ》門前の茶店に働くおさわまでが、世の中には何事にも決まり事があり、他人《ひと》に先駆ければよいというものではないと諫《いさ》めたのであるが、一旦言い出したら後に退かない亀蔵は聞く耳を持たない。

こうなると、周囲《まわり》も従わざるをえず、それならば、四の五の言っていないで快くみずきの帯解を祝ってやろうという気になり、おさわなど茶店の仕事の合間を縫って、みずきのために晴着を仕立てて送ってくれたのである。

どうやら、亀蔵は八文屋の仕事で手が離せないこうめに代わって、みずきを宮参りに連れて行った帰りのようで、両手に千歳飴《ちとせあめ》の袋を幾つもぶら下げている。

「おう、おめえら、土産《みやげ》だぜ！」

亀蔵はそう言うと、子供たち一人一人に千歳飴を配っていった。

が、悠基の前に来ると、改まったように、おっと悠基に目を据える。

「おめえ、幾つだ？」

悠基は叱《しか》られたとでも思ったのか、さっと貞乃の陰に隠れた。

「五歳ですよ」

悠基に代わって貞乃が答え、はっと亀蔵に目を返した。

「では、悠基ちゃんも袴着《はかまぎ》ということ……。まっ、どうしましょう！」

亀蔵も蕗味噌を嘗めたような顔をする。

「悠基の親は餓鬼のことなど微塵芥子《みじんけし》ほども考えちゃいねえだろうし、当然、裃《かみしも》の仕《し》度《たく》なんぞしてねえだろうからよ。だが、代わりに俺たちが仕度してやるとしても、今からじゃ……」

「大丈夫ですよ。今からでも古手屋《ふるてや》に行けば、袴着の裃を求めることが出来ますわ。早速《さっそく》、キヲさんに行ってもらいましょう」

「だが、その金を誰が払う？」

亀蔵に指摘され、あっと貞乃が色を失う。

「そうでしたわ。わたくし、そういったことに疎《うと》いものですから、子供用の裃が一体幾らするのか判りませんの。高直《こうじき》なのでしょうか……」

「さあて、そいつは俺にも……」

すると、傍で聞いていたキヲが怖ず怖ずと割って入る。

「あのう……、差出《さしで》のようですが、宜しければ、あたしに裃を買わせてもらえないでしょうか」

「おめえに？」

「キヲさん、そんなことを言ったって、十文や二十文では買えないのですよ」

貞乃が慌てる。

「解っています。けど、いずれ、海人にも必要となりますし、まだ早いけど、この際あたしが求めて、悠基ちゃんに着てもらうってことにしてはどうかと思って……」

「そうか、廻し着をするってことか！　それも一理《いちり》あるわな。だったら、俺が掛け合い、女将に買わせるさ。それなら、今後も、あすなろ園の子なら誰でも着られるんだからよ」

亀蔵が仕こなし振りに、にたりと笑う。

が、そのときである。

いつの間に裏庭に入って来たのか、枝折り戸《しお》の傍で、お銀が咳払《せきばら》いをした。

お銀は思惑《おもわく》ありげな顔で近寄って来ると、貞乃に風呂《ふろ》敷包《しきつつ》みを手渡した。

「先日の礼に参りましてね。鹿子餅《かのこもち》が入っていますんで、小中飯《こじゆうはん》（おやつ）にどうぞ！　親分、聞くとはなしに耳に入っちまったんだが、水臭いじゃないか！　ひとつ、あたしに袴着の衣装を仕度させて下さいな。親分も言ってたじゃないですか。他人《ひと》のためになることをしろって……。そのやり方は、人それぞれ……。あたしに出来ることといったら、こんなことしかないんだもの、お安いご用ですよ！」

お銀が委せておけとばかりに、胸をポンと叩く。

「けれどもそんなことをしてもらったのでは……。ねえ？」

貞乃が挙措を失い、亀蔵を窺う。

「よし、解った！　おめえがどうしてもそうしてェというのなら、袢を仕度してもらおうじゃねえか。悠基のためというより、今後、あすなろ園に関わる餓鬼のためになるのだからよ」

「そう来なくっちゃ！　じゃ、早速、表通りの古手屋までひとっ走り……。そうだ、誰か一人ついて来てくれないかえ？　あたしは子供の着物のことには疎いんだよ」

「では、あたしが……」

キヲが一歩前に出る。

「貞乃さま、現在《いま》、海人と茜ちゃんは眠っていますんで、あとを頼めますか？」

「大丈夫ですよ。赤児《やや》のことは委せて下さいな」

お銀とキヲが裏庭を出て行く。

「本当にこれでよかったのでしょうか。おりきさまに叱られないでしょうか」

二人の後ろ姿を見送り、貞乃が心配そうに呟く。

「なに、構うもんか。お銀は息子から貰った小遣いの使い道に困ってるんだ。ところが、やっとその使い道に出逢えた……。恵まれねえ子らに慈善を施《ほどこ》そうという気になったんだから、誰が文句を言おうかよ！」

「そうなのでしょうが、何故かしら、すっきりとしなくって……」

「止せやい！　してやろうというものは、してもらえばいいのよ。疚《やま》しい金というのならともかく、息子に貰った金なんだからよ」

亀蔵はそう言うと、みずきを振り返る。

みずきは千歳飴の袋を開け、子供たちと一緒に飴をしゃぶっていた。

「みずき、じっちゃんは女将さんのところに顔を出してくるが、おめえも行かねえか？　女将さんに晴着姿を見てもらい、お陰さまで、帯解の祝いを済ませましたと報告するんだよ」

みずきが振り返り、うん、と頷く。

「あらあら、お顔が飴で真っ白よ。さあ、お口を拭《ふ》いて行きましょうね」

貞乃がみずきの口許を手拭で拭ってやる。

亀蔵はでれりと眉を下げた。

「馬子《まご》にも衣装というが、見なよ、みずきのめんこいこと……。堪んねえや！」

貞乃がくすりと肩を揺らす。

言葉にこそ出さなかったが、その顔は、爺莫迦《じじばか》につける薬はないといった顔である。

おりきは亀蔵に連れられ帳場に入って来たみずきを見て、まあ……、と絶句した。

「みずき、女将さんに挨拶をしな。お陰さまで帯解の宮参りを済ませて来ましたと」

亀蔵に促され、みずきがぺこりと頭を下げる。前髪を残して他の部分を後頭部で纏めた、子供の銀杏髷《いちょうまげ》を結っているせいか、みずきは随分と大人びて見え、別人のように思えた。

おりきの目頭《めがしら》が熱くなる。

妻子持ちの男に騙《だま》され、みずきを身籠《みご》もったこうめ……。

そんなこうめを励まし、生まれた娘《こ》にみずきと名づけたのが、おりきである。

一年早いといっても、その娘がはや帯解とは……。

「みずきちゃん、綺麗だこと……。女将さん、嬉しくて……」

おりきの目に、わっと涙が込み上げる。

「おいおい、おめえが泣いてどうするかよ」

「だって、さまざまな想いが込み上げてきて……。そうだわ、親分、今宵はみずきちゃんの帯解を祝って、うちで祝膳《いわいぜん》を囲みませんこと？　巳之吉に言って仕度をさせますので、こうめさんや鉄平《てっぺい》さんも是非《ぜひ》に……」

「そいつァ有難《ありがて》ェ話だが、こうめたちが祝膳の仕度をして待っているからよ。立場茶屋おりきのようにはいかねえが、親として娘に出来る限りの祝いをしてやりてェと言っていたんで、あいつらの気持を汲《く》んでやらねえとよ」

「まあ、そうなのですか。それが一番の祝いですものね。巳之吉の料理といえども、親の真心《まごころ》には敵《かな》いませんわ」

「それによ、今宵はもしかすると、小石川からおさわが帰《けえ》って来るかもしれねえんだ。いや、約束したわけじゃねえんだが、なんとなく、そんな気がしてよ」

「えっ、おばちゃんが戻って来るの？」

みずきが目を輝かせる。

「いや、悦ぶのはまだ早《はえ》ェ……。そんな気がするっていうだけだからよ」

「なァんだ……」

途端《とたん》に、みずきが潮垂れる。

「おさわさんが小石川に行かれて、もう七月《ななつき》ですものね。その間、一度も戻って来ていないのですもの、みずきちゃんもおさわさんが恋しいわよね？　それに、みずきちゃんの帯解のことは誰よりもおさわさんが気にかけていることでしょうから、きっと祝いに戻ってみえますわよ」

「実はよ、みずきのこの振袖なんだが、おさわが贈《おく》ってくれたのよ。俺がみずきの帯解を一年早めて今年にすると文を出したもんだから、おさわの奴、慌てて仕度をしてくれたんだろうが、その気持が嬉しくてよ……」

「まあ……」

おりきの胸に熱いものが込み上げる。

おさわはこうめのお産に立ち会い、その手でみずきを取り上げたのである。

そればかりか、些か母としての自覚に欠けるこうめに代わり、昼夜を通し、みずきの世話をしてきたおさわである。

そのみずきが帯解を迎えたのであるから、おさわにしてみれば感無量《かんむりょう》であろう。

「そうだったのですか。おさわさん、離れていても、いつも、みずきちゃんのことを気にかけていて下さったのですね。それにしても、なんと見事な振袖でしょう。薄桃《うすもも》色地《いろじ》に梅や鳳凰があしらってあり、見たところ、裁《た》ち下ろしのようですわね。すると、おさわさんは茶店の仕事の合間を縫《ぬ》い、一針一針、心を込めて仕立てて下さったというわけですのね」

亀蔵も感極《かんきわ》まったのか、目頭を押さえる。

「金もかかっただろうが、俺ャ、おさわの気持に胸を打たれてよ。こうめなんて、古手屋で間に合わせればいいと言ってたんだが、女ごの晴れ舞台なんてそうそうあるもんじゃねえからよ。正な話、俺ャ、こうめに内緒で裁ち下ろしを仕度してやるつもりだったんだ……。それを、おさわがやってくれたんだもんな。涙が出るほど有難《ありがて》ェ……」

亀蔵はぐずりと鼻を鳴らした。

「では、わたくしからも祝いをさせてもらいましょうね」

おりきは仏壇に供えた桐の箱を下ろし、みずきの前に差し出した。

「開けてごらんなさい」

「えっ、いいの？」

みずきが上目《うわめ》におりきを窺い、そろりと蓋を開ける。

「わっ、綺麗……。びらびら簪《かんざし》だ！」

それは、金銀の鶴飾《つるかざ》りのついたびらびら簪で、びらびらの先に珊瑚《さんご》の玉がついていた。

「おい、いいのかよ！　こんな高価なものを……」

亀蔵が芥子粒のような目を点にする。

「わたくしが娘時代に使っていた簪ですのよ」

「だが、みずきが貰ったんじゃ……。おきちにやらなくていいのかよ」

「おきちには別の簪を譲《ゆず》るつもりですので、気を兼ねることはないのですよ。わたくしはみずきちゃんの名付け親ですもの、このくらい当然ですわ。みずきちゃん、早速つけてみましょうか」

　みずきが嬉しそうに傍に寄って来る。

「まあ、なんて似合うのでしょう！」

「おい、みずき、おめえ、お姫さまになったみてェじゃねえか！」

　みずきはおりきが手渡した手鏡に顔を映《うつ》し、うっとりとしたように眺《なが》めている。

　が、おりきはハッと亀蔵に目を戻した。

「親分、今日はこのまま高輪《たかなわ》に戻られたほうがよいかと……。他の子供たちが見ると、みずきちゃんだけを特別扱いにしているように思うかもしれません。そんなつもりではないのだけど、子供って、ほんの些細《ささい》なことでも気にしますものね」

「おっ、言われてみればそりゃそうだ……。あすなろ園にはもう顔を出したんで、それじゃこのまま帰るとするが、実はよ、この前《めえ》話したお銀のことだけどよ。現在《いま》、あいつ、キヲと一緒に古手屋に行ってるんだ」

　亀蔵はそう言い、お銀が悠基の袴着の袢を仕度してくれることになった経緯を話した。

「みずきがあすなろ園の仲間に晴れ姿を見せてェというもんだから、俺ャ、あんまし嬉しくって、他の子の気持など気にもかけねえで行ったんだが、悠基の顔を見て、そ

うだった、こいつも袴着だったのだと思い出してよ。思い出したからには、放っては
おけねえ……。貞乃さまも悠基に裃を着せてやりてェと言いなさるもんだから、それ
でつい……」
「そこに、お銀さんが現れて、自分がお金を出すと言われたのですね」
おりきがつと眉根を寄せる。
「やっぱ、拙《まず》かったかな？」
「いえ、そういうことではないのですよ。悠基ちゃんが袴着だと気づいてやれなかっ
たのは、わたくしの責任です。本来ならば、あすなろ園が子供たちの晴着を仕度して
やらなければならなかったのに、お銀さんの厚意に甘えてしまったのですものね。申
し訳なく思っています」
「だがよ、お銀がやらせてほしいと言ったんだから、それでいいのじゃねえのか？」
「…………」
おりきの胸が、じわじわと重いもので塞《ふさ》がれていく。
「一見、地道な商いをしているように見えても、内証は火の車ってこともある」
「だが、にこにこ堂の婆さんは実に派手な女ごでしたな。だってそうでしょう？　旦
那や内儀は形振り構わず我勢しているというのに、あの婆さんはいつ見ても常綺羅で

さ。芝居見物だかなんだか知らないが、出歩いてばかりいたからね」

「まさか、それで身代限りをしたわけではないだろう……。いくら金遣いが荒いといったところで、婆さん一人が遣う金なんてたかが知れているからよ。その程度のことで屋台骨が傾くなんてことがあって堪るかよ！」

矢崎屋や紀泉堂の言葉が甦《よみがえ》った。

だが、お銀の息子の貸本屋が、にこにこ堂と決まったわけではないのである。

「どうしてェ、暝《くれ》ェ顔をしちゃってよ」

亀蔵が訝しそうな顔をする。

おりきは喉元《のどもと》まで出かかった言葉を呑み込んだ。

「いえ、いいのですよ。そうですか、では、わたくしからも礼を言わなければなりませんね」

おりきは意を決したように、顔を上げた。

亀蔵とみずきが帰り、おりきは片づけものを済ませると、お銀に礼を言おうとあすなろ園に向かった。

と、貞乃が悠基の手を引き、子供部屋から出たところに出会した。

どうやらこれから宮参りに行くところのようで、貞乃はおりきの顔を見ると、悠基を一歩前に押し出した。

「おりきさま、まあ見てやって下さいませ。悠基ちゃんが若武者《わかむしゃ》みたいに変身しましたでしょう？」

おりきも頬を弛める。

「悠基ちゃん、良かったこと！　とても似合っていますよ。では、これからお参りをするのですね。それで、お銀さんは？」

「それが、古手屋で裃を求めると、キヲさんに託してお帰りになったそうですの。なんでも、急に用事を思い出したとかで……」

おりきはつと顔を曇らせた。

どうやら、またもや、お銀に逢う機会を逃したようである。

だが、亀蔵の話では、お銀はこれからもちょくちょくあすなろ園に顔を出すと言っていたそうである。

それなら、そのうち逢えるであろう。

「解りました。いえ、お礼を言おうと思ったのですよ。では、この次ということにいたしましょう。そうだわ、貞乃さま、これをお持ち下さいな」

おりきが早道から小白《こじろ》（一朱銀）を摘み出し、貞乃に手渡す。

「宮司《ぐうじ》さまにお祓《はら》いしていただくといいですわ。これは賽銭《さいせん》です。じゃ、悠基ちゃん、貞乃さまと一緒に行ってらっしゃい！」

そう言うと、おりきは悠基に微笑みかけた。

悠基が照れたように上目におりきを窺い、はい、と鼠鳴《ねずみな》きするような声で答える。

そうして、一廻《ひとまわ》り（一週間）ほどした頃である。

亀蔵が仏頂面《ぶっちょうづら》をして、旅籠を訪ねてきた。

七五三の晩、久方振りにおさわが八文屋に戻って来たと、此の中ずっと浮かれ調子だったのが嘘のように、苦虫を嚙み潰したような顔をしている。

「どうかしまして？」

おりきが取って置きの喜撰《きせん》を淹れながら訊ねると、亀蔵は自嘲《じちょう》するかのようにふンと鼻で嗤った。

「どうもこうもねえのよ！　お銀の奴、とんだかませ者でよ。貸本屋の息子に大事にされ、使い道に困るほど小遣い銭をもらっていると言ったのは、万八も万八、大万八《おおまんぱち》でよ！　いや、貸本屋の息子がいたのは本当なんだ。ところがよ、神田同朋町に出した見世は三年も前に人手に渡っちまってよ……。なんと、身代限りをしたんだとよ。その時点で、一家は離散……。というか、無一文になった息子について行ってもしょうがねえとばかりに、お銀のほうから逃げ出しちまったんだとさ。それどころか、あの女《あま》、性懲《しょうこ》りもなく、泣きのお銀に舞い戻っちまってよ！　身形だけは隠居時代にしこたま着物を買い込んでいたもんだから、相変わらず、商家の隠居ふうに装っているが、やってることは昔と同じでよ。息子や嫁に姑《しゅうとめ》いびりをされたと泣いては他人《ひと》の同情を買い、相手の隙を見て、懐のものを掠め取ってやがった！」

亀蔵は糞忌々《くそいまいま》しそうに吐《は》き出すと、ぐびりと茶を飲んだ。

「美味《うめ》ェ……。こんなに業《ごう》が煮えてるってェのに、おめえの淹れた茶を美味ェと思うんだから不思議よのっ」

「お茶っ葉がいいのですよ。では、やはり、そうだったのですか……」

亀蔵が驚いたように、おりきを瞠《みつ》める。

「やはり、そうだったとは……。えっ、おめえ、知っていたのかよ！」

「いえ、お銀さんが巾着切りに戻っていたことまでは知りませんよ。けれども、お客さまの中に神田同朋町で古くから商いをやっていらっしゃる方がいましてね。それとなく、同朋町に貸本屋があるのかと訊ねてみましたの。すると、先ほど親分がおっしゃったのと同じことを言われましてね。なんでも、にこにこ堂という名の見世で、三年前に身代限りをしたと……。しかも、同朋町は狭い町で、他には貸本屋はないと言われましてね。わたくし、妙だなと思いましたの。親分から聞いたお銀さんは、現在《いま》も、息子さん夫婦に大事にされているということでしたからね。それで、息子さんの見世が神田同朋町にあるというのが、聞き違えだったのかもしれないと思いましてね……」

亀蔵が呆然《ほうぜん》としたように、おりきを見る。

「おめえも人が悪《わり》ィや……。客からそんなことを聞いたのなら、何故、その時点でひと言俺に言ってくれなかったんでェ！　もっと早く知っていたら、盗みを働いた金で、お銀に袴着の袢を買わせるようなことをさせやしなかったんだ！　だってそうだろうが！　お銀が他人《ひと》の懐から掠め取った金で、あすなろ園は袢を買ってもらったことになるんだぜ……。おめえ、それでいいのかよ！」

さっと、おりきの顔から色が失《う》せた。

「どうしましょう……。いえね、実はにこにこ堂の話を耳にしたときから、お銀さんとにこにこ堂を結びつけてよいものかどうかと迷っていましたの。あの時点で、わたくしが鬼胎《きたい》を抱《いだ》いていることを親分に打ち明けると、親分のことですから放ってはおかないでしょう？　それで、憶測《おくそく》だけで他人《ひと》を中傷《ちゆうしよう》するようなことを言うのを憚《はばか》りましたの。仮に、お銀さんとにこにこ堂が関係ないとすれば、お銀さんはどんなにか疵《きず》つかれるでしょう……。それで、確信が持てるまではと思っていたのですが、その後、お銀さんがあすなろ園を訪ねてみえ、子供たちのために袢を買って下さったと聞きましたでしょう？　身代限りとなった身では他人《ひと》に施すなんてことは出来ませんもの……。それで、ああ、やはり、思い過ごしだったのだ、と思っていましたのよ」

「まあな……。おめえはお銀が名うての掏摸と知らねえんだから、好意的に見たって仕方がねえわな。俺もよ、息子の見世、そう、にこにこ堂よ……。にこにこ堂が三年も前《めえ》に身代限りをしていたと知ったのは、三日前《めえ》のことでよ。それも、神田川界隈《かんだがわかいわい》を縄張《なわば》りとする辰三郎《たつさぶろう》親分に泉岳寺《せんがくじ》の前《めえ》で出会したんで判ったんだが、あの親分に逢わなかったら、お銀が巾着切りに戻ったことを未だに知らなかったってわけでよ」

亀蔵は肩息《かたいき》を吐くと、辰三郎から聞いたことを話し始めた。

「驚いたのなんのって……。いきなり親分から、この頃うち、泣きのお銀が高輪、品川宿を荒らしていると耳にしたが、おめえさん、お銀の姿を見かけなかったか、と訊ねられたじゃねえか。それで、俺ャ、二度ばかし逢ったが、あいつ、現在《いま》ではすっかり改心《かいしん》し、孝行息子の庇護《ひご》の下《もと》、悠々自適《ゆうゆうじてき》に暮らしていやすぜ、と極楽《ごくらく》とんぼなことを答え、親分に嗤われちまったぜ……。なんとまあ、親分の話じゃ、確かに、お銀は三年前《めえ》まで孝行息子のお陰で金に不自由のねえ立行《たちいき》をしてたんだとよ。ところが、信頼していた男に見世の金を騙し取られてからがいけねえ……。にこにこ堂は身代限りとなり、息子は借金を抱えて夜逃げ同然に姿を晦《くら》ませ、お銀は昔取った杵柄とばかりに、神田、上野、浅草と荒らし廻り、辰三郎親分が血眼になってお銀の行方を追っているそうでよ。ところが、お銀の奴、なかなか尻尾を出さねえ……。そうこうするうちに、神田界隈からふいとお銀の姿が消えてよ。やっとお銀を見たという情報を摑んだかと思うと、古巣の品川宿というもんだから、此の中、親分が足繁《あししげ》く品川宿に通っているというじゃねえか……。ふン、赤っ恥もいいところでェ！　俺ャ、そんなことは露知《つゆし》らず、お銀に他人《ひと》のためになる生き方をしろと説教してみたり、生き甲斐がねえと繰言《くりごと》を募《つの》るお銀をあすなろ園に連れて行き、他人《ひと》に尽くすことの中に生き甲斐を見出す者がいることを教えたんだからよ……。腑抜玉《ふぬけだま》もここまで来たら、救いようのねえ大うつけよ！　穴があったら入《へえ》りてェとはこのことでェ！」

亀蔵が気を苛《いら》ったように膝を揺する。

「親分……」

慰《なぐさ》めようにも、おりきにも言葉がなかった。

亀蔵が辛《つら》そうに目を上げる。

「それによ、何が許せねえといって、辰三郎親分と俺が二日かけて品川宿を歩き廻り、やっとのことで、行合橋《ゆきあいばし》の袂でお銀を見つけてよ。あいつ、茶店で旅人を相手に万八を並べ立て、涙ながらに滅多話《めったばなし》をしてやがった……。俺と親分は機宜到来《とうらい》とばかりに左右に分かれ、じりじりと迫っていったのよ。お銀が男の懐に手をかけた瞬間を押さえなきゃならねえからよ。ところが、あと一歩というところで、近くにいた餓鬼が大声で泣き出したのよ。それで、お銀が餓鬼へと目を移したもんだから、俺の姿が目に飛び込んだ……。あっと、お銀が顔色を変えて立ち上がり、逃げようと振り返ったところ、今度は、辰三郎親分の姿が目に入《へえ》った……。あいつ、咄嗟《とっさ》にもう逃げられねえと観念したんだろうて……。だがよ……」

亀蔵の目にわっと涙が盛り上がる。

「…………」

おりきは息を殺し、亀蔵を瞠めた。

「あいつ、大人しくお縄になりゃよかったんだ……。それなのに、お銀の奴、目黒川《めぐろがわ》に向けて走り出したのよ。俺も親分も必死で追いかけた。ところが、あいつ、婆《ばばあ》のくせして、滅法界《めつぽうかい》、脚が速くてよ。あっと思ったときには、川に飛び込んでいやがった……。すぐさま、俺も飛び込んだんだが、流れが速くてよ。あれよあれよという間に、洲崎《すさき》に向けて流されちまってよ。なっ、これじゃ、俺が殺したようなもんじゃねえか……。何も、岡っ引きが二人して、あそこまで深追いするこたァなかったんだ。今の機を逃しても、いつでも捕まえることは出来たんだからよ……。それによォ、お銀がよ、川に飛び込む前《めえ》に、ちらと振り返ったんだよ。俺ャ、あの目を現在《いま》でも忘れることが出来ねえ……。怒りでも恐怖でもなく、何かを達成したという満足の目……。いや、もしかすると、あれは至福《しふく》に達した恍惚《こうこつ》の目だったのかもしれねえ……」

亀蔵の頬を涙が伝う。

至福に達した恍惚の目……。

おりきはと胸を突かれ、あっと亀蔵を見た。

お銀は日毎《ひごと》老いていく身に見切りをつけ、人生の幕引きをしようと、品川宿に戻って来たのではなかろうか……。

思えば、永《なが》かった亀蔵との鼬《いたち》ごっこ……。

お銀には、それが生き甲斐だったのかもしれない。

が、それにもそろそろくたびれてきて、同じ幕引きをするならば、亀蔵に最期《さいご》をしっかと見届けてほしいと願ったとは考えられないだろうか……。

そう考えれば、さあ捕まえてみろとばかりに、亀蔵の前で盗みを働こうとしてみたり、何不自由のないご隠居を装い、小芝居を打って亀蔵の気を引こうとしたのも頷ける。

お銀はそうして思い残すことなく亀蔵を掌《てのひら》で踊《おど》らせ、これでもう充分とばかりに、達成感の中で果てていったのではなかろうか……。

おりきには理解しがたいことだが、やはり、亀蔵とお銀は縁《えにし》の糸で結ばれていたのであろう。

「お銀さん、幸せだったのですよ」

おりきがぽつりと呟く。

「ああ、そうでも思わなくっちゃ、遣り切れねえからよ……」

亀蔵が洟《はな》を啜《すす》り上げる。

「なんだか、妙なんだよな。泣きのお銀がもうこの世にいねえと思うと、胸のこの辺りにぽかりと穴が空いたみてェでよ……。まるで、相惚《あいぼ》れの女ごに死なれちまったみてェな……」

「そうだったのかもしれませんね」

「置きゃあがれ！　いかにおめえだろうが、二度とそんなことを言わせねえからよ！」

「あら、親分、ご自分がおっしゃったのではありませんか……」

おりきはちょいと肩を竦めてみせた。

亀蔵がへっと寂しそうに笑う。

亀蔵のこんな表情を見たのは初めてのことであった。

涙の星

亀蔵《かめぞう》は沢庵《たくあん》の田舎煮《いなかに》を口に運び、おっと相好《そうごう》を崩《くず》した。

「こいつァ、美味《うめ》ェや！」

こうめが鉄鍋《てつなべ》を手に食間に入って来ると、長火鉢《ながひばち》に鍋をかけながら、だろう？　と目まじする。

「おばちゃんに教わったんだよ。ほらこの間、義兄《にい》さんが、こんなしょっぺえお香々《こうこ》が食えるかって、どしめいたことがあっただろ？　それで、いっそのやけ、捨ててしまおうかと思ってたんだけど、おばちゃんがさ、そんな勿体《もったい》ないことをするもんじゃないといって教えてくれたのが、この田舎煮でさ」

「ほう、おさわが……」

「さして作り方は難《むずか》しくないんだよ。輪切りにした沢庵を一度水煮《みずに》して、それから水気《みずけ》を切って、再び炒《い》り子出汁《だし》に濃口醤油《こいくちしょうゆ》、砂糖《さとう》、鰹節《かつおぶし》、鷹《たか》の爪《つめ》の小口《こぐち》切りを加え、味が染《し》みるまで煮るだけなんだからさ。ねっ、酸《す》っぱさが消えてるだろ？　うちの男《ひと》に味見をさせたら、こりゃ酒が進みそうだって……」

「ああ、酒のつまみにはうってつけだ」

「それだけじゃないよ」

こうめが鉄鍋の蓋《ふた》を取る。

ワッと湯気《ゆげ》が昇《のぼ》り、水菜《みずな》鍋《なべ》が姿を現した。

「水菜鍋だよ。水菜と油揚《あぶらあげ》、生姜《しょうが》しか入っていないけど、身体《からだ》が温まることこのうえなし！　ふふっ、何より、元手《もとで》がかかっていないのが自慢なんだ。それでいて、美味《うま》くて身体が温まり、食が進む……」

こうめは自信たっぷりに、鼻蠢《はなおごめ》かせた。

「こいつも、おさわから教わったのかよ」

「そうだよ。他にも幾つか教えてくれてさ。やっぱ、おばちゃんは凄《すご》いよ。いかに元値を抑《おさ》え、美味《おい》しい惣菜《そうざい》を作るかと日々考えているんだもの……」

「まだまだ、おめえはおさわの足許《あしもと》にも及ばねえってことなんだな」

亀蔵が手酌《てじゃく》で酒を注《つ》ぎ、一気に呷《あお》る。

「当たり前じゃないか！　年季が違うんだもん。それに、あたしには生まれもった料理の感性がないからさ……」

おやおや、今宵《こよい》のこうめはやけに殊勝《しゅしょう》ではないか……。

「さあ、お飯《まんま》にしようか！　みずき、いつまで姉様人形《あねさまにんぎよう》で遊んでるんだよ。早く、じっちゃんの隣に坐《すわ》んな。おまえさァん、何やってんだよ！　仕込みは後からでいいから、早くおいでよ」

こうめが板場に向けて鳴り立てる。

みずきは渋々と亀蔵の傍《そば》まで来ると、ぺたりと坐った。

が、手にはまだ姉様人形を持ったままである。

「お飯を食べるときくらい、人形はうっちゃっときな！」

「嫌《いや》だ！　みずき、この娘《こ》と一緒に食べるんだもん」

みずきが人形を抱き締《し》める。

「みずきの奴、よっぽど、この人形が気に入ったとみえるな。そりゃそうだろうて……。おさわが人形の着物まで作ってくれたんだからよ」

「フン、お陰で、片時《かたとき》も放そうとしやしない！　たった二組の着物を取っ替え引っ替えしてさ……。おまけに、人形の着物をもっと欲しいなんて言い出すもんだから、とんだ有難迷惑《ありがためいわく》でさ！」

どうやら風向きが変わったようで、こうめは忌々《いまいま》しそうな顔をすると、水菜と油揚を片口鉢《かたくちばち》に取り分け、みずきの膳《ぜん》に載《の》せる。

「熱いから、火傷《やけど》しないように気をつけな」

そこに、板場から鉄平《てっぺい》がやって来る。

「こうめの奴、みずきに人形の着物を縫《ぬ》ってやれねえもんだから、気を苛《いら》ってるんですよ。みずき、ほら、南瓜《かぼちゃ》と油揚の旨煮《うまに》だ。おめえにゃ、水菜鍋は食いにくいかと思ってよ」

鉄平がみずきの膳に旨煮の入った鉢を置く。

みずきに水菜鍋が食いにくいだと？

亀蔵がどれどれと水菜鍋に箸《はし》をつける。

生姜の千切《せんぎ》りがたっぷりと入っているせいか、ピリッと舌を刺すような辛《から》みがあるが、前もって油揚を焼いてあるので、芳《こう》ばしさが口の中いっぱいに広がった。

「なに、なかなかのもんじゃねえか。この汁《つゆ》がまた実に美味《うめ》ェ！　みずきもひと口食ってみな。身体が温まるぜ」

「うん。みずきも食べる！」

みずきが油揚を口に運ぶ。

「どうでェ、美味《うめ》ェだろうが。汁も飲んでみな」

みずきは恐《おそ》る恐る汁を口に運び、ごくりと飲み込んだ。

そうして、戯《おど》けたように手の甲で口を拭《ぬぐ》うと、美味《うめ》ェ、と大声を上げる。

亀蔵が酒を飲んだときの真似《まね》をしたのであろう。

「まっ、この娘《こ》ったら！」

「みずきがこれを美味《うめ》ェと思うとは、きっと、成《な》る口なんだぜ」

こうめと鉄平は顔を見合わせた。

「そりゃそうさ。みずきはじっちゃんの孫だもんな？」

亀蔵が満足そうに小鼻をぷくりと膨《ふく》らませ、みずきの顔を覗《のぞ》き込む。

「孫だもんなァ！」

みずきも茶目っ気たっぷりに、ねえ？　と亀蔵の顔を覗き込んだ。

こうしてみると、血の繋《つな》がりなんて何ほどのものではない。

亀蔵には、みずきは何物にも代え難《がた》い大切な存在なのだった。

「まったく、この二人にかかったら……」

こうめが呆《あき》れ返ったような顔をして、水菜鍋を口にする。

「ホントだ！　こんなに美味しいとは思わなかった……。おばちゃんに感謝だよ」

「おう、こうめ、みずきが欲しがってるのだから、暇《ひま》を見て、人形の着物を拵《こしら》えてやんな！」

亀蔵がこうめをじろりと睨《にら》む。

「てんごう言ってるんじゃないよ！　暇を見てなんていったって、あたしのどこに暇があるのさ！」

「暇がねえのは誰しも一緒よ。だがよ、おさわなんて、人形の着物ばかりか、夜っぴて、みずきの振袖《ふりそで》まで縫ってくれたんだぜ。それを思えば、人形の着物一枚《いちめえ》くれェ……」

「おばちゃんはおばちゃん、あたしはあたし！　所詮《しょせん》、おばちゃんとは人間の出来が違うんだから、比べないでおくれ」

こうめは業《ごう》が煮えたように、沢庵をパリッと齧《かじ》った。

鶴亀鶴亀《つるかめつるかめ》……。

「おさわさん、もっとゆっくりしていくのかと思ったのに、一泊しただけで、小石川《こいしかわ》に帰《けえ》っちまってよ……。さぞかし称名寺門前の茶店でも重宝《ちょうほう》がられてるんだろうが、なんだか少し瘠《や》せたみてェで、俺《おり》ャ、そのことが気になってよ」

話題を変えようと思ったのか、鉄平がぽつりと呟《つぶや》く。

「そう言ャ、おさわ、少し頰《ほお》が瘦《こ》けてたな。見世《みせ》の仕事が忙しいうえに、夜っぴて、みずきの振袖を縫ったんで、それで疲れが溜《た》まったのだろうて……」

「それだけじゃないよ」

膨れっ面《つら》をしていたこうめが、割って入る。

「それだけじゃねえとは……」

亀蔵は訝《いぶか》しそうな顔をした。

「おばちゃんね、小石川に移ってからも黒田《くろだ》の屋敷には脚《あし》を向けないようにしてきたんだけど、みずきの振袖を仕立てていたら、突然、軌一郎《きいちろう》さんのことが気にかかり始めたんだって……。軌一郎さんは現在《いま》六歳なんだけど、そういえば、五歳の袴着《はかまぎ》に自分は何も祝ってやれなかったと思うと、堪《たま》らなくなったんだってさ……。陸郎《りくろう》さん亡き後、血の繋がった肉親は軌一郎さんだけだからね。それで、袴着の祝いという意味ではなく、常着《つねぎ》にでもしてくれればと四ツ身を仕立て、黒田の屋敷に届けたのさ。ところが、三千世《みちよ》って嫁がけんもほろろでさ……。うちは軌一郎の着物は日本橋の伊勢《いせ》屋《や》で誂《あつら》えることにしているので、と突っ返されたというんだよ」

「なんだって！」

亀蔵が甲張《かんば》った声を上げる。

「それだけじゃないんだよ。その三千世って嫁が、こう言ったというのさ……。聞くところによると、おまえさまは毎日夫の墓に詣《まい》っておられるそうですが、このところ、あの女《おな》ごは黒田と一体なんの関係があるのだと、いらぬことを詮索《せんさく》する者が出て来て、当方としては甚《はなは》だ迷惑していますと、詣るなとまでは言いませんが、これ見よがしに、墓の前で涙を流すような真似はお止め下さいませって、まあ、憎《にく》らしいことを言ったというじゃないか！　おばちゃんね、泣いてたよ。毎日陸郎の墓に詣るのは本当だが、墓の前で泣いたのは一度きり……、それも、十月二十日の恵比須講《えびすこう》の日で、ああ、この日は陸郎が川口屋《かわぐちや》の婿養子に入った日なのだ、思えば、あの日が陸郎との別れだったんだなと思うと、つい、涙が込み上げてきて、そうなると、これまで堪《こら》えてきた想《おも》いが次々と衝《つ》き上げてきて、気づいたら号泣《ごうきゅう》していたのだと言ってさ……。酷《ひど》いじゃないか！　陸郎さんはおばちゃんが腹を痛めた、たった一人の息子だよ。息子のために涙を流して、それのどこが悪いのさ！」

こうめが悔《くや》しそうに唇を嚙《か》む。

亀蔵も怒りにぶるっと身体を顫《ふる》わせた。

「黒田のあの女《あま》！　どこまで性根《しょうね》が腐《くさ》ってるんでェ。それで、おさわはどうしたって？」

こうめは肩息《かたいき》を吐《つ》いた。

「どうもしないさ。せっかく仕立てた四ツ身を抱えて引き上げたんだってさ……。あたしには孫はいないんだと思うより仕方がないって……。けどさ、みずきがいるんだもの。ねっ、みずき、おばちゃんはみずきのばっちゃんだよね？」

こうめがみずきに片目を瞑《つぶ》ってみせる。

「うん！」

亀蔵の胸が熱くなった。

見なよ、血の繋がりがなんだというのよ！　みずきは俺にとっても、おさわにとっても、掛け替えのねえ大切《てえせつ》な孫なんだ……。

亀蔵が帳場の障子《しょうじ》を開けると、先客がいた。

芝田町《しばたまち》一丁目の呉服商京屋《きょうや》の番頭勝治《かつじ》である。

畳《たたみ》の上には、反物《たんもの》が広げられていた。

「おっ、邪魔《じゃま》するぜ！」

「いえ、構いませんのよ。もう済みましたので……。では、こちらでお願いしますね。それで、年内に間に合うかしら？」

おりきが反物をくるくると巻きながら、勝治に訊《たず》ねる。

「へえ、そりゃもう、こちらさまの頼みとあれば、なんとしてでも年内にお届けしやす。で、店衆《たなし》のお仕着《しき》せはこれでよしとして、女将《おかみ》さんの正月用の小袖《こそで》はいかが致しやしょう。こちらなんか新柄で、女将さんにぴったりだと思いやすがね」

勝治が紫地《むらさきじ》に煙草《たばこ》入れ模様の入った小紋《こもん》を手にする。

「いいえ、止《よ》しておきましょう。わたくしは先代が遺《のこ》して下さった着物で充分です。此度《こたび》は店衆全員のお仕着せを新調することで手一杯ですもの……」

「まったく、女将さんは欲のないお方で……。店衆に新しいお仕着せで新年を迎えさせても、ご自分は先代のお古で我慢《がまん》するとおっしゃるのですからね」

「あら、我慢をしているわけではないのですよ。番頭さんもご存知のように、先代の着物は上等なものばかりです。とても、新《あら》たにあれだけのものは誂えられませんわ」

「へっ、おっしゃるとおりで……。じゃ、あっしはこれで……」

勝治が反物を風呂敷《ふろしき》に包み、亀蔵にちょいと会釈《えしやく》して腰を上げる。

「おっ、京屋、気をつけて帰《けえ》りな。師走《しわす》に入《へえ》り、俄《にわか》に節季候《せきぞろ》や護摩《ごま》の灰が増え、物騒《ぶつそう》だからよ。巾着切《きんちやくき》りに遭《あ》わねえように帰《けえ》るんだぜ！」

亀蔵はそう言うと、席を立った勝治の後にどかりと腰を下ろした。

おりきがお茶の仕度《したく》をする。

「店衆全員のお仕着せを新調するとなったら、おい、物入りだな？」

亀蔵は腰から提《さ》げの煙草入れを引き抜くと、継煙管《つぎきせる》に甲州《こうしゅう》（煙草）を詰めた。

「何年に一回のことですからね。店衆も新しい着物で新年を迎えれば、気が引き締まることでしょう」

「けどよ、古いお仕着せはどうするんでェ。まだ充分着られるというのに、勿体《もってえ》ねえじゃねえか……。あっ、古手屋《ふるてや》に売るのか？」

「さあ、お茶をどうぞ。確かに、古手屋に売る手もあるのでしょうが、わたくしどもでは、解《ほど》いて洗い張りをし、店衆たちの蒲団皮《ふとんがわ》に使ったり、座布団《ざぶとん》にするのですよ。端布《はぎれ》は巾着袋《きんちゃくぶくろ》や早道《はやみち》（小銭入れ）など、細々《こまごま》としたものにと、茶立女《ちゃたておんな》の中にそういったことの得意な者がおりましてね。何一つ、無駄にはしませんのよ」

おりきが菓子鉢《かしばち》の蓋を開け、木《こ》の葉煎餅《はせんべい》を勧《すす》める。

亀蔵は煎餅をパリッと音を立てて齧ると、にたりと笑った。

「俺《おり》ャ、こいつに目がなくてよ」

まったく、亀蔵の目のないものには、方図《ほうず》がない。

幾世餅《いくよもち》に然《しか》り、翁煎餅《おきなせんべい》、加増餅《かぞうもち》、鹿子餅《かのこもち》、小金煎餅《こがねせんべい》、麩《ふ》の焼と……。

とはいえ、何を出しても、こうして幼児のように素直に悦《よろこ》んでくれるのだから、おりきも馳走《ちそう》する甲斐《かい》があるというものである。

「それで、お銀《ぎん》さんの遺体《いたい》は上がりましたの？」

おりきが訊ねる。

「ああ、やっとな……。お銀の息子というのが本郷菊坂町《ほんごうきくざかちょう》の裏店《うらだな》にいてよ。辰三郎《たつさぶろう》親分が捜《さが》し出したんだが、謙吉《けんきち》という息子が変わり果てたお銀の遺体に縋《すが》り、傍目《はため》も憚《はばか》らず大声を上げて泣いてよ……。謙吉はお袋が泣きのお銀という名うての巾着切りと知らねえもんだから、自分が身代限《しんだいかぎ》りをしたからお袋を死に追いやったと思っていてよ……。済まねえ、おっかさんを幸せにしてやると誓ったのに、こんなことになってしまった、親不孝な自分を許してくれと、泣いて謝るのよ……。俺も辰三郎親分も息子に本当のことを告げるつもりでいたんだが、何故《なぜ》かしら、謙吉の姿を見ていたら言えなくなってよ。今さら本当のことを話したところで、謙吉をもっと哀《かな》しませることになるのじゃねえかと思ってよ……」

「では、話さなかったと？」

亀蔵は太息《ふといき》を吐いた。

「それが正しかったのかどうか分からねえんだがよ……。俺ャ、辰三郎親分が口火《くちび》を切るものと思ってたんだ。ところがよ、親分のほうでも俺が口火を切ると思っていたらしくてよ……。終《つい》しか、どっちも本当のことが言えなかった。だがよ、泣きのお銀は俺たち十手持《じっても》ちを翻弄《ほんろう》しまくったといっても、最後までしょっ引くことが出来なかったんだしよ。現場を押さえていねえんだから、確たる証拠があるわけでもねえ……。そう思うと、謙吉のためにも、敢《あ》えて、母親像を崩すことはねえのじゃなかろうかと思ってよ。どうやら、辰三郎親分の想いも同じだったようでよ……」

「そうですか。わたくしもそれで良かったと思います。では、お銀さんの遺体は息子さんに引き取られたのですね」

「ああ。本命寺《ほんめいじ》という寺に葬《ほうむ》られたそうな。それでよ、俺の独断なんだが、おめえと俺の連名で、香典《こうでん》を包んでおいたからよ」

えっと、おりきが驚いたように亀蔵を見る。

「いや、香典とは名ばかり……。実はよ、俺と下っ引きの二人は、お銀に馳走《ごち》になっているからよ。ほれ、彦蕎麦《ひこそば》で……。あんとき、俺はお銀に奢《おご》るつもりで連れてったのに、成り行きであいつに払わせる羽目《はめ》になっちまっただろ？　俺ャ、お銀が他人《ひと》の懐を掠《かす》めた金で馳走《ごち》になったと思うと、あれからずっと片腹《かたはら》痛くてよ……。それに、ほれ、裃《かみしも》着の裃の件もあるだろ？　それで、おめえのお袋に生前世話になったからと万八《まんぱち》（嘘《うそ》）を吐いて、小粒《こつぶ》（一分金）一枚《いちめえ》包んでおいたのよ」

おりきは慌てた。

「まあ、そうでしたの。よくぞ、気を配って下さいました。では、そのお金はわたくしが……」

「いや、遠慮しとくと言いてェところだが、へへっ、そうしてくれると有難《ありがて》ェ……。おめえも知ってのとおり、何しろ、岡っ引きなんてもんは、年中三界《ねんじゆうさんがい》、不手廻《ふてまわ》りでよ。だからよ、彦蕎麦で使った二朱は俺が払うとして、残りの二朱を貰《もら》えると助かるんだが……」

おりきは金箱から小粒を取り出すと、亀蔵の手に握らせた。

「親分、黙って受け取って下さいませ。わたくしもあれ以来ずっと、お銀さんに袢を頂《いただ》いたことを心苦しく思っていましたの。形はどうであれ、これでお返しすることが出来たのですもの、親分の気配りには頭が下がる思いです。どうか、わたくしに払わせて下さいませ」

亀蔵が照れ臭そうに、上目《うわめ》におりきを窺《うかが》う。

「やっぱ、そういうことになるだろう？　男のくせして、不甲斐《ふげえ》ねえったらありゃしねえ……」

どうやら、亀蔵はこうなることを読んでいたようである。

だが、何はともあれ、これで少しだけ胸の支《つか》えが下りたのである。

「だがよ、俺が生前お袋さんに世話になったと言ったら、謙吉が母は何を世話したのでしょうかと訊《き》くもんだから、俺ャ、冷や汗をかいちまったぜ……。それで、咄嗟《とっさ》に、品川宿にあすなろ園という養護施設があって、おめえのお袋は時折そこを訪ねては子供たちの世話をしたり、施《ほどこ》しをしていたんだ、と万八を吐いたのよ。そしたら、謙吉の奴、その話にいたく感動してよ……。現在《いま》の自分は担《にな》い売りにすぎないが、借金は粗方皆《あらかたみな》にしたんで、これからは、自分がお袋の意思を継《つ》ぐ、これまでは見世を大きくすることばかり考えてきたが、孝行したい親はもういないので、これからは地道《じみち》な商《あきな》いをしていくつもりだ、幸か不幸か自分には子がいないので、あすなろ園の子供たちのために幾らかでも役に立ちたい、それがお袋を悦ばせることになるのだから……、とそう言うのよ。なっ、出来た息子だろ？　俺ャ、今さらながら、お銀て女《おな》ごはどこまで幸せな女ごなのだろうかと思ってよ……」

「本当ですわね。お銀さんはやりたい放題に生き、親分を翻弄し続けましたけど、そうはいっても、どこかしら憎めない女《ひと》ですものね」

「そうだよな？　俺も辰三郎親分も、この期《ご》に及んで尚《なお》、息子の前《めえ》でお銀を庇《かば》いてェと思ったんだからよ」

「お茶のお代わりはいかがですか？」

「ああ、貰おうか。おっ、いけねえや、なんだかんだと言いながら、粗方、木の葉煎餅を平らげちまったぜ」

亀蔵がバツの悪そうな顔をする。

どうやら、亀蔵の中で、お銀のことは折り合いがついたとみえる。

やれと、おりきは胸を撫《な》で下ろした。

「ところで、達《たつ》つァんの具合はどうでェ」

亀蔵が茶をぐびりと飲み、改まったように訊ねる。

「風邪《かぜ》はすっかり治《なお》ったのですが、体力が落ちてしまいましてね。現在《いま》は仕事に復帰しているのですが、どうしても以前のようにはいきません。それで、潤三《じゅんぞう》に指示を与え、一刻《いっとき》（二時間）ほど動いては一刻ほど横になるって具合なのですが、わたくしはそれでよいと思っているのですよ」

「歳《とし》には敵《かな》わねえってことか……。だがよ、この前《めえ》、二階家を見舞ったときにャ、まだ若《わけ》ェ者には負けねえ、いつまでも寝てなんていられるかって、威勢《いせい》のよい啖呵《たんか》を切ってたからよ。まっ、あの分なら、まだまだ大丈夫《でえじょうぶ》だろうて……」

「そういえば、近江屋《おうみや》さんでも店衆の半分までが風邪で寝込んだとか……。それを思えば、うちは大番頭を含めて五名で済んだのですもの、不幸中の幸いといわなければならないでしょうね」

「じゃ、茶立女の、誰だったっけ……。ああ、おなみか……。あいつも治ったのかよ」

「結局、おなみが一番酷かったようです。けれども、熱も下がりましたし、少しずつ食欲も戻っていますの。とはいえ、今暫《いましばら》くは安静にしたほうがよいと思いまして、まだ仕事に復帰させていませんのよ」

「それじゃ、おなみも手持ち無沙汰《ぶさた》だろうて……」

「ところが、おなみは元々手先が器用でしてね。使用人部屋の小裂《こぎれ》を集めてはお手玉《てだま》を作るものですから、女ごの子たちは大悦びですの」

おっと、亀蔵が目を輝かせる。

「おなみ、姉様人形の着物は作れるかよ?」

「ええ、勿論《もちろん》ですわ。ああ、みずきちゃんのね。それを聞けば、おなみも悦ぶことでしょうよ」

亀蔵の小鼻がぷくりと膨れる。

やれ、これで、問題が一つ解決したのである。

ところが、流行風邪《はやり》は一向《いっこう》に衰《おとろ》えを見せなかった。

やっと、おなみが恢復《かいふく》の兆《きざ》しを見せたというのに、今度はおまきが倒れ、続いて、おくめ、焼方《やきかた》の新次《しんじ》、追廻《おいまわし》の竹市《たけいち》と、茶屋では四人が寝込むことになり、師走のこの忙しい最中《さなか》、急遽《きゅうきょ》、雇人《やといど》（臨時雇い）を頼むことになったのだった。

幸い、旅籠衆《はたごし》の中で倒れる者が出なかったので助かったが、聞くところによると、街道筋の旅籠や立場茶屋《たてばぢゃや》はどこも事態は深刻で、急遽、近江屋で寄合が開かれることとなったのである。

「客にうつしてはなりませんからな。いっそ、一廻《ひとまわ》り（一週間）ほど、門前町《もんぜんちょう》だけでも見世を閉めてはどうでしょう」

宿老《しゅくろう》の赤城屋《あかぎや》長平衛《ちょうべえ》がそう言うと、澤口屋《さわぐちや》幸太夫《こうだゆう》が目を剝《む》いて食ってかかった。

「そんな莫迦《ばか》な！　年の瀬の書き入れ時に、見世を閉めるなんてことが出来ますか。それに、門前町だけ閉めたところで、糠《ぬか》に釘《くぎ》……。おまえさん、客にうつしてはと言ったが、ここは宿場町ですぞ。旅人が風邪をうつしていったのではないですか!」

「まあまあ、そう興奮するものではありませんよ。確かに、澤口屋さんの言うとおり……。防《ふせ》ぎようがありませんからな。やはり、うがい、手洗いを徹底して、ときが過ぎるのを待つよりほかありませんな」

門前町の店頭《たながしら》、近江屋忠助《ただすけ》が蕗味噌《ふきみそ》を嘗《な》めたような顔をする。

「暫くは、客に生《なま》ものを出すのを控《ひか》えたほうがよいのじゃありませんかな? といいますのも、うちの店衆で病に倒れた者の殆《ほとん》どが、腹下《はらくだ》しをしましたからな」

山海屋《さんかいや》が顔を顰《しか》める。

「けれども、それは風邪がそうさせたのであって、生もののせいではないのでは……」

おりきがそう言うと、忠助も相槌《あいづち》を打った。

「おりきさんが言うように、品川宿の旅籠や茶屋が突然生ものを出さなくなれば、食中毒でも出したのかと逆に疑いの目で見られ、客を怖がらせることになりますからな。現在《いま》は、客の恐怖心を煽《あお》るようなことをしてはなりません。それより、現在《いま》だからこそ鮮度に拘《こだわ》り、上質のものを提供するのですよ」

「やれ、年の瀬も迫り、物価高騰《ぶっかこうとう》のこの期に、難儀《なんぎ》なことよ! そりゃ、立場茶屋おりきのような高直《こうじき》な料理旅籠はそれでいいかもしれないが、うちみたいな木賃宿《きちんやど》に毛が生えた程度の安宿では、そんなことをしたのでは忽《たちま》ち屋台骨《やたいぼね》が傾《かたむ》いちまうからよ！高直な魚を仕入れなきゃならないくらいなら、うちはほとぼりが冷《さ》めるまで生ものは出しませんよ」

山海屋が気を苛ったように言う。

「まっ、山海屋さんがそれで徹《とお》すとお言いなら、それでも構いませんがね」

忠助は困《こう》じ果てたような顔をした。

だが、こうして宿老たちが額を突き合わせていてもよい知恵が出るわけでもなく、結句その日は、極力《きよくりよく》、客の恐怖心を煽らないように平常心を保《たも》ち、風邪が下火《したび》になるまで遣《や》り過ごすということでお開きとなった。

おりきは旅籠に戻ると、早速《さつそく》、大番頭や巳之吉《みのきち》を呼び、打ち合わせに入った。

「やはり、ほかの見世ではそんなことを言っていやしたか……。確かに、現在《いま》、鯛《たい》や鰤《ぶり》、伊勢海老《いせえび》、車海老《くるまえび》といったものが高騰してるので、並の旅籠や立場茶屋では少々きついかもしれやせん」

巳之吉はしかつめ顔をして、腕を組んだ。

おりきが巳之吉を瞠《みつ》める。

「それでね、巳之吉……。うちは常《つね》から上物しか扱《あつか》わないので、これまで通りでよいのですが、山海屋さんの言い分を聞いていると、確かに、今の期、お客さまが生ものを警戒するという意見も、一理《いちり》あるのではないかという気がしてきましてね」

おりきがそう言うと、病《や》み上がりでやっとこの場に戻って来た達吉《たつきち》が、そりゃあねえや！　と不服そうに唇を窄《つぼ》めた。

「誰であれ、うちの客は巳之吉の料理がどんなものか知ってやす！　立場茶屋おりきが客に腹下しをさせるようなものを出すわけがねえ……。巳之吉、気にするこたァねえんだ。おめえの好きなようにするんだな！」

おりきはつと眉根《まゆね》を寄せた。

「達吉、わたくしはそんな意味で言ったのではないのですよ。ただ、巳之吉なら、お客さまに微塵芥子《みじんけし》ほども警戒心を持たせない、そんな工夫した料理が出せるのではないかと思いましてね」

「女将さんがおっしゃるとおりで……。いえ、あっしもそのことは考えてやした。それで、常なら造りを持っていくところにしゃぶ鍋仕立てを置き、紅葉鯛《もみじだい》と鰤の薄造《うすづく》りを出汁に潜《くぐ》らせ、二杯酢《にはいず》に浸《ひた》して食べてはどうかと思いやして……」

巳之吉はそう言うと、例のごとく、絵入りのお品書《しながき》を広げてみせた。

成程《なるほど》、一の膳の八寸《はっすん》、椀物《わんもの》、酢物《すのもの》に続き、二の膳の造りのところに、紅葉鯛と鰤の薄造りしゃぶ鍋仕立てとある。

銘々《めいめい》の膳の横に小ぶりの七輪《しちりん》を置き、出汁を張った土鍋《どなべ》に薄造りを潜らせて、酢橘《すだち》を搾《しぼ》った二杯酢に浸して食べるのである。

これなら、目で造りを愉《たの》しめ、舌で旨味《うまみ》と安心が味わえる。

「それで、これでは物足《ものた》りねえと思われねえように、焼物《やきもの》に凝《こ》ってみやした」

巳之吉が二の膳の焼物を指差す。

「伊勢海老の二身焼《ふたみやき》とありますが、これは？」

おりきが巳之吉を上目に窺う。

「縦半分《たてはんぶん》に割った伊勢海老の身を抜いて、殻《から》を茹《ゆ》でておきやす。そして、一口大に切った伊勢海老の身と生雲丹《なまうに》に、酒、醤油《しょうゆ》、味醂《みりん》、水飴《みずあめ》を半刻《はんとき》（一時間）ほど煮つめて作ったタレをまぶし、天火焼《てんぴやき》にして茹でた殻に戻してやり、仕上げに刻《きざ》み三つ葉を散らしやす。これだと、見た目も豪華《ごうか》でやすし、タレをまぶして焼いているので、伊勢海老や生雲丹を芳ばしく感じてもらえるのじゃねえかと思いやして……」

巳之吉はどうやら試《ため》しに作ってみたようで、自信ありげな笑《え》みを見せた。

「それに、今宵は炊《た》き合わせの茄子《なす》揚煮《あげに》、焼南瓜《やきかぼちゃ》の含め煮、鮑柔《あわびやわ》らか煮の他に、揚物《あげもの》として蛤《はまぐり》の白扇揚《はくせんあげ》をお出ししやす。そして、留椀《とめわん》が鯛麵《たいめん》、ご飯物《はんもの》が牡蠣飯《かきめし》……。これなら、造りがなくても、お客さまに堪能《たんのう》していただけるのではないかと思いやす」

「成程、巳之吉の言うとおりでェ……。この絵を見ただけで、俺ャ、もう充分に堪能できたからよ」

達吉が感心したように言う。

「試作として伊勢海老の二身焼を作ってありやすんで、大番頭さん、上がってみやすか？」

巳之吉に言われ、達吉は慌てた。

「天骨《てんこち》もねえ！　そんなもんを食ったら、勿体なくて、喉《のど》が腫《は》れちまわァ……。女将さん、どうぞ、上がって下せえ」

「大番頭さん、巳之吉はおまえが病み上がりなので、精をつけさせようと、それで、そう言っているのですよ。遠慮しないで、味見と思って食べてみなさい」

「へえ……、そうでやすか？　じゃ、女将さんも潤三も、ひと口ずつ、味見させてもらいやせんか？　なっ、巳之吉、それでいいだろう？」

達吉が気を兼ねたように、巳之吉を見る。

「ようがす。では、お持ちしやしょう」

巳之吉が板場に下がり、膳に伊勢海老の二身焼と取り皿を載せて戻って来る。

「まあ、これが……」

「なんて見事な！」

「なんだか、食べるのが勿体《もつてえ》ねえようでやすね」

三人は口々にそう言い、目を輝かせた。

日頃、巳之吉の料理に見慣《みな》れているおりきでさえ息を呑《の》むほどであるから、客の感動は推《お》して知るべし……。

巳之吉が取り皿に海老の身と雲丹を取り分ける。

「さっ、上がってみて下せえ」

三人はそろりと箸を取った。

まず、海老の身を口に運ぶ。

ぷりっとした歯応《はごた》えと、海老の持つ旨味、そして、焼いた芳ばしさが綯《な》い交《ま》ぜとなって舌に伝わってくる。

続いて、雲丹……。

これまた、生で食すときとは別の旨味が口の中いっぱいに広がっていく。

「巳之吉、見事ですよ！」

「俺ャ、一遍に寿命《じゅみょう》が延《の》びた気がするぜ！　病《やまい》なんか吹っ飛んじまった。巳之吉、有《あり》難《がと》うよ……」

達吉の声が顫えている。

病の床《とこ》に就《つ》いてからというもの、どうやら、達吉の涙腺《るいせん》はすっかり弛《ゆる》んでしまったようである。

京の染物問屋《そめものどんや》、吉野屋幸右衛門《よしのやこうえもん》が立場茶屋おりきに投宿《とうしゅく》するのは、一年振りのことであった。

「この頃うち、年に一度の江戸下りも些《いささ》か身に堪《こた》えるようになりましてな。先《せん》には、年に二度、多い年は三度も江戸に赴《おもむ》いたのが嘘のようで、やはり寄る年波《としなみ》には敵いませんな」

幸右衛門はおりきの酌《しゃく》を受け、懐《なつ》かしそうに目許《めもと》を弛めた。

「ご予約をいただいてからというもの、やっと吉野屋さまに逢《あ》えると胸を躍《おど》らせ、お待ちしていましたのよ」

おりきが拗《す》ねたように、横目で幸右衛門を見る。

「なんと、嬉《うれ》しいことを言ってくれるではないか！　あたしもおまえさんに逢いたくて、今日の日を指折り数えていましたよ」

「此度はお一人で？」

「ああ、供の者をひと足先に江戸に入らせたのでね。あたしは何がなんでも女将の顔を見たくて、ここを素通りするわけにはいかなかったのだよ。それに、江戸の帰りにでもと思ったのだが、帰路は連れがいるので、明日、江戸に発《た》つ前に善助《ぜんすけ》の墓に詣りたいと思ってね」

幸右衛門がおりきを瞠める。

「まあ、そうだったのですか。それは、善助も悦ぶことと思います」

「早いものだね。善助が亡くなって、一年か……。だが、三吉《さんきち》、いや、三米《さんべい》はまだ善助の墓に詣っていないのだな」

「ええ。三吉も現在《いま》は加賀山《かがやま》三米という雅号《がごう》を持つ身……。竹米《ちくべい》さまと養子縁組をしたわけではありませんが、加賀山さまに差し上げたも同然の身ですもの、師匠のお許しを得なければ、一人で動くことは出来ないでしょう」

「いや、そのことなんだが、あたしも差出《さしで》と知って、竹米に三米を墓詣りに帰らせてはどうかと言ってやったのよ。竹米もその気だったんだ……。ところが、加賀山の御《ご》母堂《ぼどう》が病の床に就かれてよ。三米は絵の修業をする傍《かたわ》ら、御母堂が営《いとな》む小間物屋の手伝いをしなくてはならないものだから、身動きが取れなくなってよ……」

幸右衛門が眉根を寄せる。

「まあ、竹米さまのお母さまが……。それで、病は重いのでしょうか」

「心《しん》の臓《ぞう》が弱っておいでなのでな。が、無理は出来ないという程度で、今日の明日という病状ではない……。ところが、三米が品川宿に戻るとなれば、丸ひと月は京を留守にすることになるからよ。三米は心根《こころね》の優《やさ》しい男だから、御母堂の傍を離れるのを心苦しく思っているのだろうて……。というのも、此《こ》の中《じゅう》、竹米は寺社の襖絵《ふすまえ》を描《か》くことが多くてよ。山科《やましな》の家を空《あ》けることも屢々《しばしば》とあって、御母堂は心細いのだろうて、すっかり三米を頼っていてよ……。傍《はた》で見ていても、あれは弟子というより、息子の可愛《かわい》がり方だ」

おりきの胸が熱くなる。

善助のときもそうだったが、三吉は目上の者を敬《うやま》い、心さらな気持でぶつかっていく。

そんな三吉であるから、竹米の母親は三吉のことを、息子というより孫のような存在に感じているのだろう。

そして、三吉のほうでも、善助を実の祖父のように慕《した》ったのと同様に、竹米の母親を実の祖母と……。

「善助の墓は逃げるわけではありませんもの……。それに、墓に詣らずとも、恐らく、あの子のことです、毎日、胸の内で善助に手を合わせていることでしょう。きっと、善助も解《わか》ってくれますわ。わたくしはそう確信しています」

「おまえさんの言うとおりだ。まっ、明日は、三米の分まで、あたしが墓の前で手を合わせてきますよ」

幸右衛門がそう言ったときである。

おうめとおきちが二の膳を運んで来た。

おうめの膳には、染付皿《そめつけざら》に盛った紅葉鯛と鰤の薄造りに、浸けダレの入った片口鉢、それに、伊勢海老の二身焼、炊き合わせ、蛤白扇揚が載っている。

そして、おきちは台座に小ぶりの七輪を乗せ、その上に土鍋を……。

おきちは二の膳の横に七輪を設《しつら》えると、深々と辞儀をした。

「おきちにございます。吉野屋さまには兄三吉が京でお世話になっているとか……。どうか、今後とも宜《よろ》しくお願い致します」

おりきは少なからずも驚いた。

誰が教えたというわけでもないのに、おきちにこのような挨拶《あいさつ》が出来るとは……。

ほう、と幸右衛門が改まったようにおきちに目を据《す》える。

「おまえさんが三吉の、いや、三米の双子《ふたご》の妹か……。女将の文で、この春から女将修業に入ったと知らされていたが、三米同様、なかなか賢《さと》い娘ではないか！　女将も心強いことよ。なっ、女将、そうだろう？」

「そう言っていただけて、胸を撫で下ろしました。現在《いま》は、おうめの下につけ、接客を学ばせていますが、いつの日にか、わたくしの跡《あと》を継いでくれればと願っています」

おりきも嬉しそうに頰を弛めた。

「おきち、お客さまに二の膳を説明なさい」

女中頭のおうめが、おきちに目まじする。

常なら、ここはおうめの出番であるが、今宵の客は幸右衛門とあり、敢えて、その役をおきちに譲《ゆず》ったようである。

おきちが土鍋の蓋を取る。

「こちらが紅葉鯛と鰤のしゃぶ鍋仕立てにございます。薄造りを出汁の中にさっと潜らせ、浸けダレに浸してお召し上がり下さいませ。そして、今宵の焼物は伊勢海老の二身焼にございます。続いて、炊き合わせが、茄子の揚煮、焼南瓜の含め煮、鮑の柔らか煮となっております。そして、揚物は蛤の白扇揚……。どうぞ、ごゆるりとお召し上がり下さいませ」

おきちは言い終わると、ちらとおりきとおうめを窺った。

上手《うま》く言えただろうかという意味であろう。

「ほう、大したもんじゃないか。上出来だ！」

幸右衛門が仕こなし顔に、おりきに笑みを送る。

「有難うございます。さっ、二人とも、一の膳をお下げしなさい。それから、吉野屋さまに熱燗《あつかん》をお持ちするようにと、おみのに伝えて下さい。吉野屋さま、お飲みになりますわよね？」

おりきが幸右衛門を窺う。

「ああ、貰おうか」

おうめとおきちが一の膳を手に、浜木綿《はまゆう》の間を去って行く。

おりきは銚子《ちょうし》を振って中を確かめると、幸右衛門に酌をした。

おりきが客に酌をするのは、幸右衛門だけである。

客室の挨拶に伺《うかが》っても、女将は酌はしないというのが、先代からの仕来《しきた》りであった。が、幸右衛門の場合は、大概《たいがい》が一人で来るものだから、誰かが傍についていなければならない。

しかも、幸右衛門の酒は料理を美味しく頂くための潤滑油《じゅんかつゆ》にすぎず、実に品のよい酒の飲み方をするのである。

いつしか、おりきは幸右衛門の為人《ひととなり》を尊敬するようになり、吉野屋の座敷だけは胸襟《きょうきん》を開いても構わないと思うようになったのだった。

「ほう、これがしゃぶ鍋仕立てとな……。あたしは薄造りが出て来たものだから、てっきり刺身《さしみ》で食べるのかと思ったが、これはまた、気の利《き》いたことを……」

幸右衛門が出汁の中に紅葉鯛の薄造りを箸で二度ほど潜らせ、酢橘、葱《ねぎ》、紅葉おろしの入った浸けダレに浸して口に運ぶ。

と、同時に、相好を崩した。

「こいつは美味い！　出汁に潜らせると、また一段と鯛に甘みが出るんだね」

そう言うと、続いて、鰤に……。

「なんてことだ！　脂《あぶら》が乗っていて、実に、鰤の美味いこと……」

瞬《また》く間に、幸右衛門は染付皿に盛られた薄造りを平らげた。

そうして、伊勢海老の二身焼に再び感嘆の声を上げる。

「こいつはなんて豪華なんだい！　見た目もさることながら、海老の身がぷりっとしていて、タレに浸けて焼いてあるものだから、なんと芳ばしいことか……。雲丹もとろっと口の中で蕩《とろ》けるようだ」

「お気に召していただけて、巳之吉もさぞや悦ぶことでしょう」

「京からここまで来るのに何軒もの宿に泊まりましたが、どの旅籠でも、出す料理は似たり寄ったり……。だが、さすがは、立場茶屋おりきだ！　毎度、巳之吉の料理には胸を躍らされるからよ。正《まさ》な話、刺身には些か食傷気味《しょくしょうぎみ》だったので、しゃぶ鍋仕立てには感激しましたよ！」

幸右衛門が目を輝かせる。

おりきはほっと安堵《あんど》の息を吐いた。

流行風邪の蔓延《まんえん》のために敢えて生ものを避《さ》けたと説明せずとも、客は巳之吉が料理に趣向《しゅこう》を凝らしたと受け止めてくれたのである。

客の反応は、五部屋ある客室のすべてが同様であった。

おりきが浜木綿の間を辞し、最後のお薄《うす》を点《た》てに再び客室を廻《まわ》ると、薄造りのしゃぶ鍋仕立てに次々と感嘆の声が上がったのである。

「鯛と鰤の組み合わせが、実によい！　どちらかといえばさっぱりとした鯛の味に、今が旬《しゅん》の脂が乗った鰤を組み合わせたとはよ。味に違いが出て、あたしなんぞ、お代わりをしたいと思ったほどですよ！」

「寒いこの時季だからこそ、刺身よりこういった食い方のほうがいいですな」

「あたしは年明けにもう一度来ることになっているが、その折も、こいつを食わせてくれと、今から頼んでおこうかな」

と、こんな具合に、あちこちから賛辞《さんじ》の声が上がったのである。

巳之吉も客の反応が気になったとみえ、板場の片づけを終えると、帳場に顔を出した。

「さいですか。皆さまに悦んでいただけて、あっしも安堵いたしやした」

客の世辞口《せじくち》には慣《な》れている巳之吉だが、どうやら刺身を出さなかったことを気にかけていたとみえ、好評だったと聞いて、思わず破顔《はがん》した。

日頃、あまり感情を露《あら》わにしない巳之吉にしては、珍しいことである。

「では、暫くは、刺身の代わりにこれでいきますか？」

巳之吉は少し考え、へえ、と頷《うなず》いた。

「また何か別の工夫を思いついたら変えるかもしれやせんが、暫くはこれで……。鯛の代わりに平目《ひらめ》や鰈《かれい》を使うことがあるかもしれやせんが、いずれにしても、その日、魚河岸《うおがし》で最高と思えた魚のみを使いやす。それでなければ、あっしの意地が通りやせんので……」

　成程、生で食すのではないからと、質を落としてはならないということなのだろう。いかにも、巳之吉らしい考え方であった。

「ようござんしたね。あとは、一日も早く、流行風邪騒動が収まってくれれば、結構毛だらけってなもんで……」

　夜食の饂飩《うどん》を啜《すす》っていた達吉が言う。

「もう暫くの辛抱《しんぼう》でしょう。それより、達吉、夜食を食べたら、早く休みなさい。風邪が治ったといっても、まだ無理は出来ないのですからね」

　おりきが達吉を労《いたわ》るように言う。

「へい。あとのことは潤三に委《まか》せ、先に寝かせてもらいやす」

「じゃ、大番頭さん、あっしと一緒に二階家に帰《けえ》りやしょう」

「ああ、巳之吉が供なら、心強《こころづえ》ェや……」

「ゆっくり休むのですよ」

　おりきは二人に微笑《ほほえ》みかけた。

翌朝、幸右衛門は妙国寺《みょうこくじ》に眠る善助の墓に詣ると、江戸に向けて出立《しゅったつ》した。

墓詣りに付き合ったおりきは、墓前で手を合わせる幸右衛門の背に、どこかしら寂寥《せきりょう》の感が漂《ただよ》っているのに、ハッと、と胸を突かれた。

そうして、墓参を終えて、街道へと下る坂道でのことである。

幸右衛門はふと脚を止めると、おりきを瞠めた。

「おりきさん、あたしはよくよく女房運の悪い男でしてね。前妻の死後、永《なが》いこと病弱な家内の世話をしてくれたお端女《はした》を後添《のちぞ》いに直しましたが、それにも亡くなられましてね……」

えっと、おりきの顔から色が失《う》せた。

「おせつさまといいましたかしら？　亡くなられたって、いつ……」

「三月《みつき》前です。本人は五十路《いそじ》を過ぎても息災《そくさい》なだけが取り柄《え》と口癖《くちぐせ》のように言っていたんだが、いつもは七ツ半（午前五時）には目覚めるおせつが、その日に限って、六ツ（午前六時）になっても寝床から出ようとしないので、不審《ふしん》に思い覗き込んだところ、息絶えていましてね。医者の話では、眠ったまま卒中《そっちゅう》を起こしたとかで、なんとも呆気《あっけ》ない死に方でした」

まあ……、とおりきは胸を押さえた。

おせつは幸右衛門の内儀が実家《さと》から連れて来たお端女で、永年《ながねん》、病弱な内儀の世話をしてきた女ごである。

そのため、五十路に手が届きそうになるまで嫁にもいかず、女ごとしての幸せを摑《つか》むことが出来なかったおせつを、幸右衛門は後添いに直すことで、永年の感謝の意を表したのだった。

「歳も四十九……。疾《と》うの昔に婆《ばあ》さんの域《いき》に達した女ごだが、病弱な家内の世話で終しか女ごとしての幸せを摑むことの出来なかった奴です。まっ、あたしも五十路半《なか》ば……。いつ、お迎えが来てもおかしくない歳になったことでもあるし、欲を言っちゃいけません。割れ鍋に綴《と》じ蓋、老《お》いていく身には、相応《ふさわ》しい相手かと……」

おせつのことをそんなふうに言っていた、幸右衛門である。

後添いを貰ったといっても、老人の茶飲み友達のようなもの……。

幸右衛門は照れ隠しのつもりか、そう謙遜《けんそん》してみせた。

齢《よわい》を重ねると、惚《ほ》れたはれたはもうどうでもよく、男と女ごにとって、心の許せる茶飲み友達のほうがどれだけ大切か……。

だが、幸右衛門がおせつと所帯を持って三年弱……。

幸右衛門はその大切な茶飲み友達を失ってしまったのである。

なんと、あまりにも早い別れであろうか……。

「わたくし、なんと申し上げてよいのか……。それは、お寂《さみ》しくなられましたね」

「これが、あたしの宿命《さだめ》なのでしょう。あたしはもう独《ひと》りで老いていく覚悟を決めました。以前のあたしなら、性懲《しょうこ》りもなく、またもやおまえさんに求婚しただろうが、今や、その元気すらなくてよ。こうして、たまに立場茶屋おりきを訪ね、おまえさんが淹《い》れた美味い茶を飲むことで満足しようと思いましてね」

「ええ、お安いご用ですわ。つくづく、京と品川宿がもう少し近ければと、残念でなりません」

二人は再び歩き出した。

街道に出たところで、六尺《ろくしやく》（駕籠《かご》舁《か》き）の八造《はちぞう》を待たせている。

「帰りは連れがいるので、此度は品川宿は素通りとなるだろう……。だが、年が明けたら、極力早めに来るので、その折は宜しく頼みますよ」

「畏《かしこ》まりました。京に戻られましたら、三吉に宜しく伝えて下さいませ。くれぐれも身体に気をつけるようにと……。あっ、それから、おきちが女将修業に励《はげ》んでいることも伝えて下さいませね。忙しくしているのでしょうが、たまには、おきち宛《あて》に文を寄越《よこ》すようにとも……。あっ、それから……」

幸右衛門が嗤《わら》う。

「まったく、おまえさんときたら……。解った、解った。おまえさんが三米のことを案じていることをしっかと伝えておくので、安心しな」

「………」

おりきの胸が熱くなる。

離れていても、三吉は立場茶屋おりきの仲間であり、おりきは三吉のおっかさんなのである。

街道まで下りると、道端《みちばた》に四ツ手（駕籠）を停《と》め、地べたに坐り込んで煙管をくゆらせていた八造が、慌てて立ち上がると後棒《あとぼう》に合図した。

「日本橋《にほんばし》呉服町《ごふくちょう》までやってくれ」

幸右衛門が片手を上げ、おりきに別れの挨拶をする。

おりきは深々と頭を下げ、後棒の背が見なくなるまで見送った。

そうして旅籠に帰ってみると、幾千代《いくちよ》が待っていた。

「善爺《ぜんじい》の墓に詣ってたんだって？」

幾千代は勝手知ったる我が家とばかりに、長火鉢の傍で煙草を吸っていた。

「幾千代さん、お久し振りですこと！　今、お茶を淹れますわね」

おりきが長火鉢の傍に寄って行く。

「土産《おみや》だよ！　客に珍しい菓子を貰ってね。カステーラという毛唐《けとう》が食べる菓子だってさ」

幾千代は長方形の紙箱を猫板《ねこいた》の上に置いた。

「ええ、聞いたことがありますわ。なんでも、ポルトガルという国の菓子なんですってね？」

「へえェ、そうなのかえ？　そこまでは知らなかったが、卵と砂糖を泡立《あわだ》て、小麦粉を併《あわ》せて天火焼にしてあるとかで、頬っぺが落ちるほど美味いんだってさ！　あちし、どうしても、おまえさんに食べさせたくてさ。ほら、こうして、半分だけ持って来たんだよ」

幾千代は紙箱の蓋を開けた。

成程、カステーラは半分に切られている。

「ごめんよ。幾富士《いくふじ》にも食べさせてやりたくてさ」

幾千代が肩を竦《すく》める。

「ねっ、ねっ、早く食べてみようよ！」

「では、食べやすいように切りましょうね」

おりきが小刀でカステーラを切り分ける。

そうして、取り皿に取り分けると、まず、仏壇《ぶつだん》と神棚《かみだな》に供《そな》え、続いて、幾千代の前に……。

「まっ、なんて美味いんだえ！　おりきさんも早くお食べよ」

幾千代がカステーラを口に運び、興奮したように言う。

おりきは黒文字《くろもじ》でカステーラを一口大に切り分けると、口に含んだ。

それは、まったりとした豊潤《ほうじゅん》な味がした。

ほどよい甘さと、しっとりとした感じが舌先を包み込んでくる。

「本当ですこと……。亀蔵親分にも食べさせてあげたいですわね」

「あちしさァ、親分のことだから、てっきり、ここで油を売ってると思ってたんだ。

珍しいことがあるもんだね」

幾千代がそう言うと、計《はか》ったように、玄関側の障子が開いた。

「何が珍しいって？」

亀蔵であった。

おりきと幾千代は顔を見合わせ、くすりと肩を揺《ゆ》らした。

「噂《うわさ》をすれば影が差す……。まったく、親分たら、地獄耳《じごくみみ》なんだから!」

幾千代がひょっくら返しながらも、亀蔵のために席を作ってやる。

「どうせ、ろくでもねえことを噂してたんだろうが! おっ、美味そうじゃねえか。なんでェ、これは……」

「カステーラだよ!」

「カステーラ?」

「ポルトガルって国の菓子なんだってさ。客から貰ったもんだから、おりきさんに食べさせたくてさ。ついでに、親分にもひと口どうかと思ったんだけど、てっきり、ここで油を売ってると思った親分の姿がないじゃないか。珍しいことがあるもんだねって、おりきさんとそう話していたんだよ」

「何が珍しいことだよ! 俺にゃ、見廻りって仕事があるんだよ。それに、ついでにって言葉が気に食わねえ! ついでにとはなんでェ、ついでにとはよ!」

亀蔵が忌々しそうに吐《は》き出す。

「そりゃ悪うござんしたね。お気もじさま!」

「ほら、二人とも、もうよいではないですか。親分、お茶が入りましたわよ。カステーラもどうぞ」

おりきがふわりとした笑みを見せ、亀蔵の前に取り皿を置く。

亀蔵はカステーラを指で摑むと口に運び、おっと驚いたような顔をした。

「なんでェ、この美味《うめ》ェことといったら……。俺ャ、こんな美味《うめ》ェ菓子を食ったことがねえ……。けどよ、指がべたつくのは感心しねえな」

亀蔵はそう言うと、指先をぺろぺろと舐《な》めた。

「莫迦だね。だから、黒文字をつけてあるじゃないか！　親分たら、餓鬼《がき》みたいに手《て》摑《づか》みにするんだもの、呆れ蛙《かえる》引っ繰《く》り返る！」

幾千代がくっくと肩を揺する。

「なんでェ……。だったら、早く言ってくれよな」

「黒文字が小さすぎて、目に留《と》まらなかったのですよね？」

「ああ、黒文字なんて品《ひん》をしたものは、俺ャ、常から使わねえからよ。羊羹《ようかん》を食うときだって、手摑みだ」

「けどさ、毛唐はこれをどうやって食べるんだろ……」

幾千代が首を傾《かし》げる。

「さあ……。巳之吉の話では、西洋にはスプーンとかフォークといった、箸に代わるものがあるそうですので、それを使うのではないでしょうか」

「スプーンにフォークね……。なんだか舌を嚙みそうだね。ところでさ、ここんちじゃ、流行風邪に罹《かか》った者はいないのかえ？　うちじゃ、幾富士とおたけが罹ってさ。それで、あちしがおさんどんをしなくちゃならない羽目になり、おてちんだったのさ……。ようやく、おたけが動けるようになってくれて助かったんだが、幾富士がまだでね……。ほら、あの娘《こ》、腎《じん》の臓がまだ完全じゃないだろ？　素庵《そあん》さまも心配して下さってね。暫く診療所で預かろうと言って下さったんで、今、送り届けてきたんだよ」

おりきと亀蔵が、驚いたように顔を見合わせる。

「では、幾千代さんもまた付き添《そ》われるのですか？」

「ううん。今度は幾富士だけで、あちしは日に一度顔を出すだけさ。そんなわけで、また、巳之《みの》さんに頼んで、時折、病人用の弁当を届けてやってくれないかえ？　時折でいいんだ、時折で……」

幾千代が手を合わせる。

「解りました。時折とは言わず、毎日、お届けしますわ。きっと、巳之吉もそう言うと思いますので……」

「じゃ、日に一度ってことで……。あんまし再々だと、診療所の婆さんから嫌味《いやみ》を言われるんでね」

では、トクヨ婆さんは、巳之吉が幾千代や幾富士の弁当を届けたことが気に入らなかったのであろうか……。

トクヨ婆さんは内藤《ないとう》素庵の診療所に古くからいる賄方《まかないがた》の頭《かしら》だが、元旗本屋敷の賄方にいたというだけあって、六十路《むそじ》近くになっても未《いま》だに矍鑠《かくしゃく》としていて、気位《きぐらい》が高く一刻《いっこく》なところがあるせいか、素庵もトクヨ婆さんには頭が上がらなかった。

さすれば、立場茶屋おりきから弁当が届くことで、トクヨ婆さんの矜持《きょうじ》を疵《きず》つけたのに違いない。

おりきがつと眉根を寄せる。

「けど、あんな婆さんのことなんか気にすることはないんだよ。病人食だかなんだか知らないが、あんな不味《まず》いものを食わされたんじゃ、治る病も治らなくなっちまう！　それに、巳之さんは素庵さまから訊いて、薄味《うすあじ》で、それでいて、目でも愉《たの》しめる弁当を作ってくれるんだからさ。食欲を湧《わ》かせるのが、一等最初の治療といってもいいんだからさ。せめて、日に一度くらいは、食事を愉しいと思って食べなくちゃ……」

幾千代はあっけらかんと言い放った。

「解りました。その点は、巳之吉とよく話し合い、トクヨさまに嫌味と受け取られないように致しましょうね」

おりきはそう答えたが、幾富士のことを想うと、暝《くら》い気持に陥《おちい》った。

幾富士は年明けからお座敷に復帰すると胸を弾《はず》ませていたのに、どうやら、そうもいかなくなりそうである。

だが、鬼胎《きたい》を抱《いだ》いていても、ことは前へと進まない。

「お茶を入れ替えましょうね。親分、宜しければ、もう一切れカステーラをいかがです？」

おりきがわざと明るく言う。

亀蔵は実に嬉しそうな顔をした。

そうして、師走もいよいよ半ば……。

此の中、ようやく、品川宿の流行風邪騒動も収まりつつあった。

立場茶屋おりきでも、茶立女のおまきをはじめ茶屋衆《ちゃやし》のすべての顔ぶれが揃《そろ》い、これでなんとか年末年始を乗り切れそうである。

が、幾富士はまだ素庵の診療所に入ったままである。

その日、おりきは泊まり客の到着まで半刻《はんとき》（一時間）あるのを確かめると、末吉《すえきち》に代わって幾富士の弁当を診療所に届けることにした。

幾富士は思ったより元気そうだった。

「風邪はすっかり治ったそうですね。素庵さまの話では、少し浮腫《むくみ》があるのが案じられるとか……。けれども、顔色がよいので安堵しましたわ」

おりきは病室に入ると、手にした白侘助《しろわびすけ》を、ほら、と幾富士に翳《かざ》してみせた。

「今年も茶室の脇で健気《けなげ》に花をつけましてね。病人の傍に椿《つばき》を置くのを嫌う方もいらっしゃるようですが、冬ざれた今の期、他によい花がありませんのでね……。白侘助だけではあまりにも寂しいかと思い、一輪だけですが、太郎庵《たろうあん》をお持ちしましたのよ。ほら、淡紅色《たんこうしょく》で、どこかしら幾富士さんが好きな芙蓉《ふよう》を想わせるでしょう?」

そう言い、持って来た鶴首《つるくび》に白侘助と太郎庵を活《い》ける。

幾富士は起き上がると、目を細めた。

「なんて愛らしいんだろう……。そういえば、女将さん、この前は酔芙蓉《すいふよう》を持って来て下さったんだ……。あのときも嬉しかったけど、いつも気にかけて下さり有難うございます」

「もっと再々来られるとよいのだけど、なかなかそうもいかなくて、ごめんなさいね」

「ううん。毎日、弁当を届けて下さるんだもの、それだけで、もう充分すぎるほどです」

「どうかしら？　お口に合っていますかしら？」

「ええ、あたし、毎日、今日は何が入っているのだろうかと、胸をわくわくさせて弁当の蓋を開けるんですよ。だって、毎日、目先の違うお菜《さい》が入っているんだもの……。板頭があたしを飽《あ》きさせないようにと考えてくれてるんだと思うと、嬉しくて涙が出そうで……」

「それを聞いたら、巳之吉が悦ぶでしょうよ。では、夕餉《ゆうげ》だけうちから弁当が届いても、トクヨさまはもう嫌な顔をなされないのですね？」

「板頭がね、最初の日、自《みず》らトクヨ婆さんを訪ね、これと同じものを病人に食べさせるつもりなので、どうか試食なさって下せえ、そのうえで、改良する点があればどうかご指示下さいますように、とあたしのと同じ弁当を差し出して、頭を下げて下さったんですよ。そしたら、なんと、効果てきめん！　翌日から、掌《てのひら》を返したみたいに愛《あい》想《そ》のよいこと……。おかあさんもあたしも板頭の機転には頭が下がる想いでさ……。おかあさんなんて、あの巳之さんがトクヨ婆さんに頭を下げてくれるなんてと、涙をぼろぼろ流しちまってさ。本当に、感謝してるんですよ。有難うございました」

幾富士の目で涙がきらと光った。

「そうですか。それは良かった……。あとは、幾富士さんが一日も早く元気になられることです。お座敷に早く戻らなきゃなんてことを考えなくてよいのですよ。現在《いま》は、身体を治すことだけに努《つと》めて下さいね」

「はい。あたしも焦《あせ》るのは止しました。おかあさんや女将さんがおっしゃるように、まずは身体を治すことに努め、芸者は一からやり直すつもりでいればいいんですものね」

そうして、四半刻《しはんとき》（三十分）ほど話したであろうか。

そろそろ泊まり客が旅籠に着く頃となり、おりきは診療所を後にした。

南本宿から門前町へと歩きながら、おりきは宿場町に活気が戻ってきたことを肌身《はだみ》に感じた。

お店《たな》の前では、手代や小僧たちが煤竹《すすだけ》を手に煤払《すすはら》いをしている姿が見られ、門松《かどまつ》売り、暦《こよみ》売り、扇箱《おうぎばこ》売りが通りを行き交《か》い、覆面《ふくめん》の上に編笠《あみがさ》を深く被《かぶ》り、簓《ささら》や太鼓《たいこ》を伴奏に銭を乞《こ》い歩く、節季候の姿も見受けられる。

暫くすると、深川八幡宮《ふかがわはちまんぐう》を皮切《かわき》りに、順を追って、歳の市がここ品川宿にも移ってくるだろう。

おりきは立場茶屋おりきまで戻ると、茶屋の様子を窺った。

七ツ半（午後五時）を迎え、茶屋はまさに夕餉の書き入れ時である。

茶立女が忙《せわ》しげに広間を歩き回り、配膳口《はいぜんぐち》から板場に注文を通している。

おりきは茶屋番頭の甚助《じんすけ》に、問題事はないですね？　と目まじすると、旅籠へと戻った。

旅籠では泊まり客の一組目が到着したばかりのところで、下足番が客に洗足盥《せんぞくだらい》を使わせている。

おりきは水口から板場脇を通って、帳場に入った。

急いで接客用の着物に着替えると、仏壇に線香を上げ、神棚に切り火を切る。

こうして、今宵も客迎えが始まるのだった。

ところが、その頃、高輪車町《たかなわくるまちょう》の八文屋《はちもんや》では、大変なことが起きていたのである。

あすなろ園から戻って来たみずきは、茶立女のおなみに作ってもらった姉様人形の新しい着物が嬉しくて堪らない。

それは、茄子紺色《なすこんいろ》の霰小紋《あられこもん》で、どちらかといえば、乙粋《おついき》な着物であった。

これまでおさわが作ってくれた着物は、黄八丈《きはちじょう》であったり、紅《べに》や桃色《ももいろ》の小紋が多かったので、子供のみずきには霰小紋の着物を着た人形がどこかしら大人びて見え、なんだか、自分までが少し大人に近づけたような気がしたのである。

みずきは板場に駆け込むと、大声を上げて、

「おっかさん、見て、見て！」

と、姉様人形を掲《かか》げてみせた。

ところが、現在《いま》は八文屋も夕餉の書き入れ時……。

鉄平は天麩羅《てんぷら》を揚げるのに専念しているし、こうめは左官の朋吉《ともきち》が注文した八盃豆腐《はちはいどうふ》を作るのに夢中で、みずきのことにかまけてはいられない。

「おっかさんてばァ……」

みずきはこうめの傍に駆け寄ると、袖《そで》を摑み、ゆさゆさと揺すった。

「煩《うるさ》いね！　今、忙しいんだから、あっちに行ってな」

「おっかさんてばァ！」

みずきも退《ひ》こうとしない。

「なんだってのよ、この娘《こ》は！　おっかさんが忙しくしてるのが解らないのかえ！　八盃豆腐の次は仙さんの煮麺《にゅうめん》を作らなきゃなんないし、高田《たかだ》さまはなべ焼き饂飩ときた。なんだってこう、ばらばらに注文するのかね！」

　こうめが気を苛ったように言う。

「助《す》けてやりてェが、こっちも天麩羅を揚げたら、鰯《いわし》の刺身を作らなきゃなんねえからよ」

「あいつら、わざと別々の注文を通し、意地悪をしてるんだよ！　ヘン、朋吉なんて判《はん》で押したように、毎度、煮染《にしめ》に鯖焼《さばやき》、蜆汁《しじみじる》に飯を注文するくせしてさ、今日に限って、八盃豆腐なんて言うもんだから、他の者もつられたように煮麺だのなべ焼き饂飩だのと注文したんだよ」

「おい、おめえ、鯖が焦《こ》げてるじゃねえか！」

「あら、大変だ！」

　こうめと鉄平の遣り取りに、みずきが堪《たま》りかねたように、もう一度、今度は少し強めに袖を揺すった。

「ねっ、ねっ、おっかさん！」

「煩い！　なんだよ！」

こうめは八盃豆腐の鍋を片手に、みずきの身体を払った。

が、あっと思ったその瞬間、手にした鍋をみずきの肩に落としてしまったのである。

ギャアッ！

みずきの悲鳴が、板場ばかりか、見世の中にまで響《ひび》き渡った。

朋吉や仙次《せんじ》、浪人の高田誠之介《せいのすけ》が驚いて板場に飛び込んで来る。

こうめは顔面蒼白《がんめんそうはく》となり、突っ立ったままぶるぶると顫えていた。

鉄平がみずきを抱え起こし、右肩に貼《は》りついた着物の袖を剥《は》がそうとしている。

「莫迦なことをするもんじゃない！　冷やすのが先だろうが！」

誠之介が水甕《みずがめ》から桶《おけ》に水を汲《く》み、みずきの肩にかける。

みずきはあまりの痛さに、脚を土間に打ちつけ泣き叫んだ。

「氷はないか、氷は！」

「そんなものがあるわけがねえ……」

「じゃ、手拭を水に浸し、みずきの肩を覆《おお》うんだ。朋さん、四ツ手を呼んで来てくれ！　一刻も早く、医者に診《み》せるんだ！」

誠之介に言われ、朋吉が脱兎《だっと》のごとく駆け出して行く。

「ここで四ツ手を待っていてもしょうがねえ。俺がみずきを抱いて街道筋まで出るからよ！」

鉄平はみずきを抱え、立ち上がった。

が、こうめは茫然自失《ぼうぜんじしつ》に突っ立ったままである。

「こうめ、おめえ、一体何《いってえ》をしてやがる！　さっ、素庵さまのところに行くぞ」

鉄平はこうめを鳴り立てると、見世を飛び出して行った。

「こうめ、おめえも早く行きな！」

「俺たちのことは放っててていいからよ」

「女将、何をやっておる！　おまえはみずきの母親だろうが！　おまえがしっかりしないでどうする」

誠之介はよほど業が煮えたとみえ、こうめの腕を掴むと、ぐいぐいと引っ張っていった。

みずきが四ツ手に乗せられ、素庵の診療所に運び込まれたのは、六ツ（午後六時）のことであった。

素庵は鋏《はさみ》で着物の袖を切り離すと、そっと毀《こわ》れものにでも触《ふ》れるかのようにして、肌から剝がしていった。

みずきはもう痛みを感じないのか、ぐったりとしている。

が、素庵はみずきの右肩から腕を見て、うむっと眉根を寄せた。

「何か……」

鉄平が怖々《こわごわ》と素庵を窺う。

「上腕部《じようわんぶ》から肘《ひじ》にかけて赤くなっているが、最《もつと》も熱湯《ねつとう》を浴《あ》びたと思える肩の部分が白くなっているのでな……」

素庵は苦虫《にがむし》を嚙《か》み潰《つぶ》したような顔をした。

「それはどういうことで……」

鉄平の顔に緊張が走った。

「火傷には一度から三度まであってな。損傷《そんしよう》の深さを判断するのだが、その判断は早期では難しく、通常、二日から二廻《ふたまわ》り（二週間）かかるというが、現在《いま》見る限り、赤くなった部分は一度か二度……。が、肩の部分が些か危惧《きぐ》される……」

素庵はそう言うと、表皮《ひようひ》のみの損傷を一度の火傷といい、冷やして油薬《あぶらぐすり》を塗《ぬ》っておけば、一廻り（一週間）ほどで赤みも消えて跡も残らない、二度の真皮上層《しんぴじようそう》の損傷になると痛みが強く水膨《みずぶく》れが出来て水膨れを崩さなければ跡は残らない、と説明した。

が、問題は三度の皮膚全層《ひふぜんそう》の損傷で、皮膚が赤くならない代わりに痛覚《つうかく》を失い、水膨れはないが皮膚が引き攣《つ》った感覚を伴《ともな》い、蟹足腫《かいそくしゅ》(ケロイド)が出来、こうなると、皮膚を移植しない限り、もう治療のしようがないとも言った。

「現在《いま》の時点でははっきりと言えぬが、肩の部分が案じられてな……」

素庵は眉根を寄せた。

「けど、みずきは痛がって泣いていやしたが……。痛みがあるってことは、一度か二度で済むってことでやすよね?」

鉄平が縋るような目で、素庵を見る。

「それは、上腕部や肘の部分が肩に比べて軽かったということだ。とにかく、現在《いま》は様子を見るより仕方がない。だが、すぐに冷やしたのは正解だった……。あの時点で無理をして着物を剝がそうとすると、皮膚組織を毀してしまったのでな。だがよ、顔にかからなくて幸いだった。顔にかかっていれば、二度の火傷でも暫くは跡が残るのでな」

素庵がそう言ったときである。

それまで診察室の隅《すみ》で凍《こお》りついたように硬直していたこうめが、ワッと大声を上げて床に突っ伏した。

「みずき、ごめんよォ……。おっかさんが悪かった！　許しておくれ……。おっかさん、おまえを疵物《きずもの》にしちまうところだったんだ……。あァん、あァん、許しておくれ……」

こうめが拳《こぶし》で床を叩《たた》きながら、泣き叫ぶ。

鉄平が傍に寄って行き、こうめを抱え起こす。

「止しな！　今さら言っても始まらねえ……。俺も悪かったんだからよ。おめえがそんなんじゃ、みずきがますます心細くなっちまうだろうが……」

するとそこに、知らせを聞いた亀蔵が血相《けっそう》を変えて診察室に飛び込んできた。

亀蔵は診察台の上でぐったりと横たわっているみずきを目にすると、いきなり、こうめの胸倉《むなぐら》を摑み、頰を平手《ひらて》打《う》ちした。

「このどじ女《あま》が！」

あっと、こうめが蹌踉《よろ》け、鉄平が慌ててその身体を支える。

亀蔵は怒りに燃えた目で、鉄平を睨みつけた。

「おめえもおめえだ！　餓鬼にとって、板場がどれだけ危険なところか知ってるだろうが！　どんな理由であれ、俺ャ、許さねえからよ」

「申し訳ありません」

鉄平が項垂《うなだ》れる。

「俺が悪かった……。どんなに忙しくても、子供ならこんなこともあろうかと察し、みずきを板場から出して話を聞いてやらなきゃならなかったんだ……」

こうめも顔を上げる。

「この男《ひと》が悪いんじゃない！　悪いのはあたしなんだよ。注文が一度にわっと入り、頭の中が混乱していたもんだから、みずきが煩くするのが煩《わずら》わしくて、つい……。ああ、あたしって、なんて莫迦なんだろう。カッと頭に血が昇ったもんだから、鍋を手にしていることも忘れて、みずきを払おうとしたんだもの……」

亀蔵の顔から、さっと血の色が失せた。

それどころか、わなわなと身体を顫わせているではないか……。

危険を察した素庵が、亀蔵とこうめの間に割って入る。

「親分、まあ、気を鎮《しず》めな。起きたことを今さら言っても始まらない。現在《いま》、大切なことは、いかにみずきを恢復させるかということだからよ。見なさい、みずきは右肩だけでなく、心に疵を負《お》っているではないか……」

「心に疵……」

「そうだ。ここに来てすぐに痛みを和《やわ》らげる薬を飲ませたが、火傷の痛みは生《なま》はんじゃくなものではないからよ。恐らく、現在《いま》も痛んでいると思うのに、見なさい、痛みに堪《た》えるというより、何かを喪失《そうしつ》したかのような面差《おもざ》しをしているではないか……。みずきはよ、痛みよりもっと強い衝撃を受けたのだろうて……」

「みずき……。可哀相《かえいそう》に……。じっちゃんがついているからよ。もう大丈夫《でえじょうぶ》だ。じっちゃん、おめえの傍についていてやるからよ」

亀蔵は跪《ひざまず》いてみずきに囁《ささや》くと、さっと振り返り、素庵を瞠めた。

「お願《ねげ》ェでやす。こいつを治してやって下せえ……。こいつのためなら、俺ャ、生命《いのち》を投げ出しても惜《お》しくはねえ。お願《ねげ》ェでやす。頼みやす……」

亀蔵は土下座《どげざ》して、素庵に何度も頭を下げた。

こんな亀蔵を見るのは初めてのことである。

素庵が苦笑《にがわら》いをする。

「ああ、解った。必ず、治そうな……。それでよ、先ほど鉄平には説明したのだが、現在《いま》のところ、火傷の損傷の度合いが判《わか》らぬのでな。夜中に痛みが激しくなる場合のことを考え、今宵はみずきをここで預かることにするが、いいな？」

「預かる……。入院ということで？」

「ああ、そうだ。現在《いま》、病室に幾富士が入っているが、みずきをそこに入れるので、こうめ、傍についていてやれるか？」

「そりゃ駄目《だめ》だ！」

亀蔵はこうめが答えるのを阻止《そし》し、甲張ったように鳴り立てた。

「こいつは我が娘《こ》に火傷をさせるような女ごだ！　こんな女ごが傍についていても役に立とうかよ。大方、痛がる娘を後目《しりめ》に、てめえだけが高軒《たかいびき》をかくのが関のやまでよ！　俺が傍についてるから、おめえら二人はとっとと帰《けえ》ってくれ！」

「けど、義兄《にい》さん、病室には幾富士さんもいるんだよ。女ごの部屋に男の義兄さんがいたんじゃおかしいだろ？」

こうめが異を唱《とな》えると、亀蔵は業が煮えたように喚《わめ》き立てた。

「置きゃあがれ！　俺が幾富士を相手に妙な気を起こすとでも言いてェのか。天骨もねえ！　この歳をして、誰がそんな気を起こそうか。第一《でえいち》、可愛い孫が傍にいるんだぜ。まかり間違っても、そんなことがあるわけがねえだろうが！」

「そうじゃないんだ。義兄さんが傍にいると、幾富士さんが気ぶっせいになると言ってんだよ。病人に気を遣《つか》わせちゃならないだろ？」

「親分よ、こうめの言うとおり……。おまえさんがみずきのことを心配するのは解るが、ここは母親のこうめに委せることだな」

素庵にそこまで言われたのでは、亀蔵も引き下がらないわけにはいかない。

ところが、そのまま八文屋に帰るのかと思った亀蔵は、夜分だというのに、早駕籠《はやかご》をかって、小石川の称名寺を目指したのである。

勿論、目的地は称名寺門前の茶店である。

今宵のうちに、どうしても、おさわを呼び戻さなければ……。

大切《てえせつ》なみずきが火傷して苦しんでいるというのに、こうめなんかに委せておけねえ！

茶店の御亭《ごてい》が文句を言おうが、俺ャ、十手を振り翳してでも、おさわを連れ帰《けえ》る……。

早駕籠が称名寺門前の茶店に到着した頃には、四ツ（午後十時）を過ぎていた。

亀蔵は六尺にそのまま待っているようにと伝えると、固く閉ざされた茶店の雨戸を叩いた。

暫くして、潜り戸の中から、どなたさまで？　と女ごの声が聞こえた。

おさわの声だと感じた亀蔵は、俺だ！　おさわ、開けてくれ、と叫んだ。

「親分？　親分なんですね！」

おさわが慌てて潜り戸から顔を出す。

案の定、おさわは床に就いていたようで、夜着《よぎ》の上に褞袍《どてら》を羽織《はお》っていた。

「みずきが大変《てえへん》なことになってよ……」

亀蔵はみずきが肩から腕にかけて大火傷をし、現在《いま》、素庵の診療所に預けられていることを話した。

おさわは唇まで色を失い、すぐさま頷いた。

「解りました。旦那さんに許しを得てきますんで、少しお待ち下さい」

なんとも、打てば響くとはこのことだろう。

四半刻《しはんとき》(三十分)後、おさわは亀蔵が乗って来た早駕籠に揺られ、南本宿へと駆けつけることになったのである。

夜道を、亀蔵は灯《あか》りも持たずに歩き続けた。

凍《い》てついた空で、寒々とした凍星《いてぼし》が蒼《あお》い光を放っている。

亀蔵は、冬空の星一つ一つに願いを込めた。

どうか、みずきをお救い下せえ……。

身体の傷ばかりでなく、何より、心の疵が早く癒《い》えやすように……。

おりきはみずきが火傷を負ったことを、翌日の午後になってから知った。

幾富士を見舞っての帰り、幾千代が立場茶屋おりきに寄ったのである。

「驚いちまったよ。てっきり、幾富士一人だと思って病室を覗いたところ、みずきが肩から腕に晒《さらし》を巻いて横たわっているだろう？　しかも、おさわさんまでが付き添っているもんだから、何があったのだろうかと一瞬肝を冷やしちまってさ……」

幾千代はそう言い、昨夜、みずきが火傷をして診療所に運び込まれた経緯を話して聞かせた。

おりきは絶句した。

みずきのためにと、深夜、小石川までおさわを迎えに行った亀蔵の気持が切《せつ》なくて、さぞや生きた空もない一夜だったのだろうと思うと、何も言えなくなってしまったのである。

「親分さァ、終しか、辻駕籠《つじかご》が拾えなくて、小日向《こびなた》の自身番で提灯《ちょうちん》を借りて、品川宿まで歩いて帰ったんだってよ。診療所に辿《たど》り着いたのは、夜明けでさ。そのまま八文屋に帰ってひと眠りすればいいのに、素庵さまの診察にどうしても立ち会いたくて、一睡もしないで、みずきの傍についていたんだとさ……」

幾千代が太息を吐く。

「それで、みずきちゃんの容態《ようだい》は……。素庵さまはなんとおっしゃっているのですか?」

おりきが怖々と訊ねる。

「それがさ、二の腕から肘にかけて水膨れが出来ちまってさ。けど、これはいいんだ。素庵さまの話では、二度の損傷なので、水膨れを破らないようにしていれば、跡は残らないだろうって……。ところが、肩がね……。まだ表面上の変化はないんだけど、みずきちゃんが言うには、皮膚が引っ張られるような感じがするんだってさ」

「引っ張られるような感じとは……」

「皮膚全層が損傷され、人によっては、爛《ただ》れというか皮膚が隆起《りゅうき》して、カイなんとかというものが出来るんだって……。おりきさんもどこかで見たことがあるだろう?」

ああ……、とおりきも頷き、胸がきりりと疼《うず》いた。

「では、肩の部分は三度の損傷と……」

「いや、それはまだ判らないんだよ。損傷の深さは人によって違うらしくて、もう少し様子を見ないと判らないんだって……。それで、現在《いま》は、冷やした大豆《だいず》の煮汁《にじる》で患《かん》部《ぶ》を洗い、猪膏《いのししあぶら》と米粉《こめこ》を練《ね》り合わせたものを日に何度も塗ってるんだってさ。爛れには枝垂《しだ》れ柳《やなぎ》の枝や根の表皮を煎《せん》じて塗るそうなんだけど、これからは、おさわさんがそれをするんだってさ」

「おさわさんが手当をするということですの？」

おりきが訝しそうな顔をする。

「そうなんだよ。火傷の手当といっても、その程度のことしかないそうでさ……。それで、素庵さまがみずきを八文屋に連れて帰ってもいいと言われたのさ。おさわさんが傍についているんだもの、病室にいるより、みずきもそのほうがいいに決まってるさ」

「では、もう？」

「そうなんだよ。昼前に八文屋に帰ったよ。だってさ、そうでもしないと、親分の身が保《も》たない……。親分ったら、少しは身体を休めろと言っても、頑《がん》として言うことを聞きやしないんだもの！　けど、八文屋でなら、身体を横にすることも出来るし、転《うた》た寝《ね》も出来る……。案外、素庵さまは親分のことを気遣《きづか》い、みずきを連れて帰れと言われたのかもしれないね」

するとと、今から診療所に行っても、みずきはもういないのである。

勘《かん》のよい幾千代が、おりきの胸に過《よ》ぎった想いに気づき、釘を刺す。

「駄目駄目！　その顔は、早速、みずきを見舞わなきゃって顔だが、現在《いま》はそっとしておくことだ……。そのうち、親分が報告がてらやって来るだろうからさ。それまでは、親分のためにも、みずきのためにも、何より、こうめのためにそっとしておいてやることだ。現在《いま》、辛《つら》いのはあの三人なのだからさ……」

　そうかもしれない……。

　亀蔵はこうめに罵詈雑言《ばりぞうごん》を浴《あ》びせかけたい気持を懸命《けんめい》に堪え、こうめはみずきに対しても亀蔵に対しても、済まない、申し訳ないという気持で居たたまれないのであろうし、みずきは子供心にも大人の剣呑《けんのん》な雰囲気を察し、その小さな胸を痛めているのに違いない。

「幾千代さんのおっしゃるとおりです。おさわさんは三人を融和《ゆうわ》させる妙薬《みようやく》……。おさわさんにお縋りするよりほか手がありませんわね」

「そう、そういうこと！　やっぱしさァ、八文屋にはおさわさんが必要なんだよ。こうめと鉄平では見世を廻すことに筒一杯《つついつぱい》で、子供の世話にまで目が届かない……。その点、甲羅《こうら》を経《へ》たおさわさんなら、酸いも甘いも飲み込んでいるからさ！　意地を張らずに、この際、もう一度戻って来てくれと頭を下げればいいんだよ」

「けれども、そうなると、おさわさんが陸郎さんの墓に詣ることが出来なくなりますね」

「てんごうを！　墓詣りなんてもんは、盆、正月、春秋《しゅんじゅう》の彼岸《ひがん》、命日と、年に五度も詣れば上等だ！」

おりきが唖然《あぜん》と幾千代を見る。

これが、半蔵《はんぞう》の月命日にはこれまで一度も墓参を欠かしたことのない、幾千代の言葉とは……。

が、そういうおりきも、先代の月命日ばかりか、善助、おたか（三吉、おきちの姉）の月命日には、欠かさず、妙国寺に詣ってきたのだった。

幾千代はふふっと肩を竦めた。

「言わなくていいよ！　おまえの心は見え見えだ」

そう言い、幾千代は戯けたように、片目を瞑ってみせた。

亀蔵が立場茶屋おりきを訪ねて来たのはそれから十日ほど後のことで、いよいよ、年の瀬も迫った頃であった。

亀蔵がここに来る気になったということは、みずきの恢復に目処《めど》がついたということであろう……。

「みずきちゃん、その後いかがですか？」

おりきが訊ねると、亀蔵は蕗味噌を嘗めたような顔をした。

「…………」

一体、これはどういうことであろうか……。

亀蔵は茶をぐびりと飲むと、呟いた。

「腕のほうは水膨れが崩れることもなく、うまくいったんだがよ……。肩に蟹足腫というものが出来ちまってよ。人前《ひとめえ》で裸になることはねえといっても、娘っ子だ。いずれ好いた男も出来ようし、嫁に行くことにもなる。それを思うと、みずきが不憫《ふびん》でよ……。俺ャ、大切《てえせつ》な孫を疵物にしたこうめが憎くてならなかったんだが、思い直してよ……。おさわがよ、そんなことを気にするような男にみずきを嫁《とつ》がせる必要はねえ、身体に傷があろうと、みずきのことを本気で愛《いと》しく思ってくれる男でないと、親分はいいと言っても、このあたしが許しませんからね、と言ってくれてよ。それを聞いて、俺ャ、目から鱗《うろこ》が落ちた……。そうなんだよ。俺たちがみずきを不憫と思うから、みずきは余計こそ不憫になる。それより、そんなことは歯牙《しが》にもかけず、それがどうしたって顔をしていれば、みずきはちっとも不憫じゃねえんだからよ」

「その通りですわ！　では、こうめさんのことをお許しになったのですね？」

「許すも許さねえもねえ……。こうめも悪気《わるぎ》があったわけじゃねえんだしよ。ただ、鉄平と二人して見世を切り盛りするのに手一杯だったのよ。此度のことだけでなく、こうめは母として心の余裕《ゆとり》が持てなかったのだろうて……。おさわが出来たことが自分に出来ねえわけがねえと肩肘《かたひじ》を張ってるもんだから、みずきに優しい心で接してやることが出来なかったんだからよ。それによ、みずきが火傷したのは俺が皆の反対を押し切り帯解を一年も早めてしまったことで、もしかすると天罰が当たったのじゃねえかと、そんな気がしてよ……。そうだとすれば、責めを負わなきゃなんねえのは、この俺だ。俺が意地張ったばかりに、みずきに辛《つれ》ェ想いをさせちまった……。けどよ、悪《わり》ィことばかりじゃねえ……。おさわがよ、年内に一度小石川に帰《けえ》り、茶店の御亭に話をつけて、年明けから八文屋に戻ってくると言ってくれてよ」

えっと、おりきは思わず耳を疑った。

「でも、おさわさんは陸郎さんの墓に毎日詣りたいからといって、小石川に移られたのでは……」

亀蔵が微苦笑《びくしよう》する。

「それがよ、黒田の屋敷じゃ、おさわが毎日《めえにち》墓詣りをすることを快《こころよ》く思っていねえそうでよ。おさわ、言ってたぜ。毎日《めえにち》墓詣りをすることを嫌味に受け止められるとは思ってもみなかったが、考えてみれば、何も毎日《めえにち》詣らずとも、陸郎はあたしの心の中にいるんだからって……。そう、こうも言ってたな。自分が小石川に行ったのは、みずきをこうめに返《けえ》す意味でもあったが、そのことで、こうめの心から余裕《ゆとり》を奪うことになり、申し訳なかった、良かれと思ってしたことが裏目《うらめ》に出てしまい、何より、みずきに寂しい想いをさせてしまったのが悔《く》やまれてならないと……。それで、俺ャ、言ってやったのよ。俺たちャ、みずきがこの世に生を受けたときからの家族じゃねえか、桜の花びらも五枚《ごめえ》なら、星形《ほしがた》も五角《ごかく》、五つ揃って一つなのよって……」

なんとも上手いことをいうではないか……。

さしずめ、八文屋の家族は五人で成り立つ、とでも言いたかったのであろう。

「それは良かったですこと！　みずきちゃん、さぞや悦んだことでしょうね」

「悦んだのなんのって……。正な話、おさわがいてくれてどれだけ助かったか……。みずきはよ、火傷したことより、こうめに邪険《じゃけん》にされたことのほうが堪えていてよ。診療所に運び込まれたときには、ろくにものも言えねえほど塞《ふさ》ぎ込んでてよ……。痛かったんだろうが、痛《いて》ェと泣くことも出来ねえほどでよ。それを見て、俺ャ、何がなんでも、おさわを連れ戻さなくちゃと思ってよ。みずきの心の疵を治すのは、おさわしかいねえ……。心の疵ばかりじゃねえぜ、おさわはそれはもう火傷の手当も至《いた》れり尽くせりでよ。日に何度も猪膏と米粉を練った薬を塗ってよ。水膨れが崩れねえように、そっと周囲《まわり》を晒で覆ってよ。柳白皮《りゅうはくひ》というのか？　枝垂れ柳の枝や根の表皮を煎じて、爛れた箇所に塗るのよ。素庵さまもおさわのことを褒《ほ》めてたぜ。うちの代脈《だいみやく》（助手）に欲しいほどだって……。それに、こうめにとっても、おさわが傍についていてくれて、どれだけ心強かったか……。こうめの奴、すっかり気落ちしちまって、見世を閉めると言い出してよ。それを叱り飛ばしたのがおさわでよ。おまえは客に安くて美味いものを食べさせたいといって、姉さんから八文屋を引き継いだのじゃないかえ、一膳飯屋《いちぜんめしや》といえど、客に美味しかった、またこの見世に来たいと思ってもらえるお菜を作ると言っていたのは万八なのか、確かに、我が子を顧《かえり》みず怪我《けが》をさせたことは褒められた話じゃない、だが、それが原因《もと》で、これまで大切に護《まも》ってきた見世を閉めるとは何事だ、少しは客のことも考えてみな、八文屋を自分ちの茶の間のように思ってくれる客を、おまえは閉め出そうとしてるんだよ、それこそ、手前勝手というもんじゃないか、第一、見世を閉めて、どうやってみずきを食わせていける、親なら、まず子を飢《う》えさせないようにと考えるのが筋じゃないかと……。そりゃ、凄《すげ》ェ剣幕《けんまく》だったぜ！」

　まあ……、とおりきは目を細めた。

　おさわはこうめを実の娘のように思っているからこそ、そこまで叱咤《しった》できたのである。

やはり、おさわは八文屋にとって、なくてはならない存在、おっかさんなのである。

「此度のことでは、いろいろ考えさせられましたわね。けれども、これで元の鞘《さや》に収まったのですもの、言い方は悪いかもしれませんが、怪我の功名《こうみよう》なのかもしれませんね」

「てこたァ、みずきが身を挺《てい》して八文屋の家族を元の形に戻してくれたってことか……。そうかもしれねえ……。俺ャ、小石川から夜道を歩いて帰《けえ》りながら、冴《さ》え冴《ざ》えと光る冬空の星に向かって、祈り続けたのよ。感謝もした……。人は死んだら空の星になるというが、再び、人に生まれ変わってこの世に生を授《さず》かるともいうからよ。そう思うと、みずきを俺の元に遣わせてくれた夜空に感謝してェ気になってよ……。せっかく授けて下さったみずきだもの、俺ャ、もっともっと大切にしてやらなきゃと思ってよ。久しく星空を眺《なが》めるなんてことはなかったが、冬の星って、身に沁《し》みるほど冴え冴えとしていてよ。ああいうのを凍星というんだろうが、涙が出るほどお弁《べ》天《てい》でよ……」

亀蔵の小さな目が、きらと光った。

それは、涙の星……。

おりきの胸に、つっと熱いものが衝き上げてきた。

哀れ雪

お銀《ぎん》の息子謙吉《けんきち》があすなろ園を訪ねてきたのは、七草を過ぎた頃だった。

その日、下足番見習の末吉《すえきち》が診療所の幾富士《いくふじ》に弁当を届けて立場茶屋《たてばぢゃや》おりきまで戻って来ると、風呂敷包《ふろしきづつ》みを背負《せお》った三十路《みそじ》半《なか》ばの男が、茶屋と旅籠《はたご》に通じる通路の入り口を行きつ戻りつしているところに出会《でくわ》した。

男は茶屋の中をちょいと覗《のぞ》いては引き返し、今度は、旅籠に通じる通路を窺《うかが》い首を傾《かし》げている。

どう見ても挙動不審《きょどうふしん》な男の態度に、末吉は思い切って声をかけた。

「おまえさん、立場茶屋おりきに何か用でもあるのけえ？」

男はハッと振り返り、挙措《きょそ》を失った。

「立場茶屋おりき……。ああ、やっぱりここで間違《まちげ》ェねえ……。てことは、あすなろ園というのも、ここでやすよね？」

男は気を兼ねたように、末吉を窺った。

男にしては色白の、なかなか端整《たんせい》な面差《おもざ》しをしている。

「ああ、そうだがよ」

男は茶屋と旅籠への通路を見比べると、一体どこにそんなものがあるのかといった顔をした。

「あすなろ園は茶屋の裏手だがよ。ああ、そっか……。おまえさん、入口が判《わか》らなかったんだな。おいらについて来な、案内してやるからよ」

末吉はそう言うと、わざわざ遠回りして、男を彦蕎麦《ひこそば》と佃煮屋《つくだにや》田澤屋《たざわや》との間の通路へと案内しようとした。

そのまま旅籠に通じる通路を進み、中庭から裏庭へと案内するほうがうんと近道になるが、末吉はどこの誰とも判らない男を旅籠に近づけたくなかったのである。

「おめえさん、あすなろ園の誰に逢《あ》いてぇのかよ」

歩きながら末吉が訊《たず》ねると、男は戸惑《とまど》ったように、誰にと言われても……、と曖昧《あいまい》に言葉を濁《にご》した。

驚いて、末吉が脚《あし》を止める。

男は慌てた。

「いや、別に怪《あや》しい者じゃねえんで、安心なさって下せえ。実は、お袋《ふくろ》が生前あすなろ園を時折訪ねては、子供たちと一緒に遊んでいたと聞きやしてね。それで、今日はちょいと礼を言いてェと思いやして……。あっしは先つ頃《さい》まで神田同朋町《かんだどうほうちょう》でにこにこ堂という貸本屋をやっておりやした謙吉というものでやすが、といっても、お恥ずかしい話で、現在《いま》はごらんの通りのしがねえ担《にな》い売りなんでやすがね。ご存知ありやせんか？　お袋のことを……」

「いや、知らねえ。おいらは旅籠の下足番だからよ。たまに、あすなろ園の餓鬼《がき》と遊んでやることはあるが、訪ねてきた客のことまで知るわけがねえ……」

末吉は木で鼻を括《くく》ったような言い方をした。

が、謙吉という男、どうやら怪しい男ではなさそうである。

末吉は再び歩き出した。

「とにかくよ、あすなろ園の寮母は貞乃《さだの》さまだからよ。貞乃さまに挨拶《あいさつ》をすればいい」

えっと、謙吉が訝《いぶか》しそうな顔をする。

「すると、おりきさまというのは……。いえ、亀蔵《かめぞう》親分からおりきさまがあすなろ園を運営なさっていると聞きやしたもんで……」

「女将《おかみ》さんはよ、立場茶屋おりき全体の女将なんだ。旅籠、茶屋、彦蕎麦、あすなろ園のすべてを仕切っていなさるが、彦蕎麦は独立採算で別に女将がいるし、あすなろ園は貞乃さまが寮母を務《つと》めていなさるんだ」

　末吉が仕こなし顔に言う。

「ああ、さいで……。それで解《わか》りやした。では、あたしは貞乃さまに挨拶を済ませたら、改めて、女将さんに挨拶をしとうございます」

「女将さんに？」

「ええ。といいますのも、お袋の野辺《のべ》送《おく》りに際し、香典《こうでん》を頂《いただ》きやしたんで……」

「えっ、そうなのかよ！」

　だったら、何故《なぜ》早くそれを言わないかとばかりに、今度は、末吉が慌てる。

　末吉は踵《きびす》を返すと、今来た道を引き返した。

「えっ、あのう、どちらへ？」

「ものには順序ってもんがあるからよ。女将さんに挨拶をしてェのなら、まず、そっちが先だろ？　なんだってんだよ、無駄《むだ》足《あし》を踏んじまったじゃねえか……」

　末吉はぶつくさと繰言《くりごと》を募《つの》ると、再び、旅籠の通路へと戻った。

「あっ、やはり、ここでよかったんでやすね」

「この奥が旅籠で、女将さんはそっちにおいでになる……。おまえさん、ここで待ってな。今、訪《おとな》いを入れてくるからよ」

末吉は旅籠の玄関先で謙吉を待たせると、帳場へと向かった。

「女将さん、末吉でやす」

障子《しょうじ》の外から声をかけると、お入り、とおりきの声がした。

末吉がそろりと障子を開け、中を窺う。

おりきは留帳《とめちょう》を開き、何やら書きつけをしていた。

「謙吉という男《ひと》が女将さんに挨拶をしてェと来てやすが……」

「謙吉？　どこの謙吉さんですか」

「なんでも、神田同朋町で貸本屋をやっていたとか……」

おりきの胸がきやりと揺《ゆ》れた。

「解りました。お通しして下さい」

おりきは留帳を片づけると、鉄瓶《てつびん》の湯を確かめた。

謙吉が帳場に入って来る。

「お銀の息子、謙吉にございます」

謙吉は障子を閉めると、入り側で深々と頭を下げた。

「さあ、長火鉢《ながひばち》の傍《そば》までいらっしゃいませ」

おりきが座布団《ざぶとん》を勧《すす》める。

謙吉はつつっと膝行《しっこう》すると、再び、頭を下げた。

「母が亡くなりました折には、過分《かぶん》なまでの香典を賜《たまわ》りやして、申し訳ありやせんでした。すぐにでも礼に参らなければならなかったのでやすが、母があんな亡くなり方を致しましたもので、すっかり恐慌《きょうこう》を来《きた》してしまい、日々、自責の念にかられるばかりで、何をどうすべきかさえ判らず、今日まで失礼をしてしまいやした。お許し下さいませ」

「謙吉さん、どうぞ、顔をお上げ下さいませ。わたくしどもでは、礼を言われるようなことは何ひとつしていませんのよ。亀蔵親分が香典という形をお摂《と》りになりましたけど、あれは元々お返ししなければならないお金でしたの」

おりきはお銀があすなろ園の子供たちにと、袴着《はかまぎ》の裃《かみしも》を買ってくれたことを話した。

「当然、わたくしどもが気遣《きづか》ってやらなければならないものでした。それを、お銀さんがして下さったのですもの、本当に感謝していますのよ」

おりきの胸がじくりと疼《うず》いた。

まさか、口が裂《さ》けても、本当は盗んだ金で買った裃を受け取りたくはなかったのだとは言えないではないか……。

おりきが茶の仕度《したく》をすると、どうぞ、と謙吉に勧める。

「母が子供たちのために袢をね……。こうしてみると、あたしは母のことを何ひとつ知りやせんでした。親分からお聞き及《およ》びと思いやすが、あたしは幼い頃火事で離れ離れとなった母を捜《さが》し出し、安気《あんき》な暮らしをさせてやることだけを考えてきやした。けれども、望みが叶《かな》ったのも束《つか》の間《ま》、あたしがやりくじったばかりに貸本屋の見世《みせ》を失うことになり、母とは再び離れ離れ……。しかも、借金の返済に追われる日々が続くことになってからは、母がどこで何をして立行《たちいき》しているのか考える余裕《ゆとり》もありやせんでした。けど、母はそうして他人《ひと》さまのために役に立とうとしていたんでやすね。それを思うと、お恥ずかしい……。あたしは我がことだけを考えてきたのでやすから

……」

「…………」

おりきは言葉を失った。

「ですが、安堵《あんど》しやした。母は独《ひと》りっきりではなかったのでやすよね？　あすなろ園の子供たちや女将さんに接することが出来、母はどんなにか心が慰《なぐさ》められたことでやしょう」

おりきは慌てた。

「いいえ、実を申しますと、わたくしはお銀さんとは面識がありませんのよ。お逢いし

て礼を言いたいとは思っていました。けれども、終《つい》しか、お目にかかることが出来ませんでしたの。でもね、あすなろ園の子供たちとは何度か逢われているのですよ。女《おな》ごの子たちがお銀さんに手鞠《てまり》を作ってもらい、一緒に遊んだそうですからね」

珍しく、おりきの胸が早鐘《はやがね》を打った。

「そうだったのですか……。母とは一度も……」

謙吉が涼《すず》やかな目でおりきを瞠《みつ》める。

目鼻立ちの整った、なかなかの雛男《ひなおとこ》である。

恐らく、お銀もこんな面差しをしていたのであろう。

「なんだか、妙なんだよな。泣きのお銀がもうこの世にいねえと思うと、胸のこの辺りにぽかりと穴が空《あ》いたみてェでよ……。まるで、相惚《あいぼ》れの女ごに死なれちまったみてェな……」

亀蔵の言葉が甦《よみがえ》る。

「女将さん、あたしにはどうしても解らねえことがありやして……。何故、母は入水《じゅすい》しようなんて気になったのでやしょう。親分はふっと魔が差し、老《お》いていく身に見切りをつけたくなったのだろうと言いなさったが、あたしには母が過《あやま》って海に落ちたとしか考えられなくて……。だって、そうではありやせんか？　母にはあすなろ園の子供たちがいたんだから、世を儚《はかな》むなんてことは考えられねえし、仮にそうだったとすれば、母をそこまで追い詰めたのは、せっかく手に入れた見世を潰《つぶ》しちまった、このあたしのせいなのじゃなかろうかと……」

謙吉が辛《つら》そうに眉根《まゆね》を寄せる。

「それは違いますことよ！　お銀さんの死はおまえさまのせいではありません。自《みずか》ら入水されたのか、事故なのかは判りませんが、いずれにしても、これは宿命《さだめ》……。誰のせいでもないのですよ。ですから、ご自分を責めるのはお止《よ》しなさい。人は死にたくとも寿命《じゆみよう》が尽《つ》きるまでは死にきれません。逆に、死にたくなくとも、寿命が尽きれば歳《とし》には関《かか》わりなく死んでいく……。それが、宿命というものなのですからね」

謙吉はハッと眉《まゆ》を開いた。

「その言葉を聞いて、少しだけ安堵しやした。悔《く》やんでみても、二度と母は戻ってきやせんものね……。あたしは母の霊を慰める意味でも、母がやり残したことを引き継《つ》ごうと思っていやす。とはいえ、あたしに何ほどのことが出来るかは判りやせんが、母に代わって、今後はあたしが子供たちを支えてやろうと思っていやす。宜《よろ》しいでしょうか？」

謙吉が澄んだ目でおりきを瞠める。

なんと、心さらな男であろうか……。

「ええ、勿論《もちろん》、いいですわ。子供たちも悦《よろこ》ぶことでしょう」

おりきはふわりとした笑《え》みを返した。

おりきが謙吉を連れてあすなろ園に向かうと、子供部屋では高城《たかぎ》貞乃が子供たちに手習の稽古《けいこ》をさせていた。

年が明け、六歳になったばかりの悠基《ゆうき》や十歳のおせん、九歳のおいねは仮名手本《かなてほん》に挑戦しているが、悠基の手つきはまだぎこちなく、蚯蚓《みみず》がのたくったようなとは、まさにこのことであろう。

その隣で、この年十二歳になった勇次《ゆうじ》と十六歳の卓也《たくや》が漢字の「小野篁歌字尽《おののたかむらうたじづくし》」に取り組んでいる。

「お邪魔《じゃま》かしら？」

おりきが声をかけると、手習帳に朱筆《しゅひつ》を入れていた貞乃が顔を上げ、謙吉を認めるや、おやっと首を傾《かし》げた。

「お客さまですか？」

「ええ。ほら、先日、お越《こ》しになったお銀さんの息子さんで、謙吉さんとおっしゃいますのよ」

まあ……、と貞乃が慌てて座布団を勧める。

「よくお越し下さいました。確か、神田同朋町で貸本屋を営《いとな》まれているとか……。わたくしはあすなろ園で子供たちの世話をさせていただく、高城貞乃と申します。それで、あちらにいますのが、キヲさんで、もう一人、榛名《はるな》という女《ひと》がいますが、この三人であすなろ園の世話をさせてもらっています」

「お銀の息子、謙吉でやす。生前、母が世話になったとかで、今日はお礼に参りやした」

「滅相《めっそう》もございません。世話になったのはこちらのほうで、お母さまには菓子を頂いたり、袴着の裃を調達していただいたりで、感謝していますのよ。お母さま、お亡くなりになったのですってね……。随分《ずいぶん》と急なことで、驚いていましたのよ。せっかくよいお方と知り合いになれたと思っていましたのに、もうお目にかかることがないのかと思うと、残念でなりません。それで、お母さまはご病気で？」

貞乃の言葉に、おりきは挙措を失った。

貞乃にはお銀が亡くなったことは伝えていたが、詳《くわ》しいことまで話していなかったのである。

おりきは困《こう》じ果てたように、謙吉を窺った。

どうやら、謙吉も一瞬動揺したようだが、真《ま》っ直《す》ぐに貞乃を瞠めると、いえ、と首を振った。

「母は海に落ちて亡くなりやした」

あっと、貞乃が言葉を失う。

「それは……」

「えっ、手鞠を作ってくれたばっちゃん、海に落っこちたの！」

耳聡《みみざと》いおいねが大声を上げる。

「これっ、おいねちゃん、大人の話に割って入るんじゃないの！　ほらほら、手が休んでるじゃないか。席書《せきがき》が近いんだよ。おばちゃんが見ていてあげるから、最後まで書こうね」

キヲがおいねの傍に寄って行く。

謙吉は寂《さみ》しそうな笑みを見せた。

「故意《こい》に入水したのか、過って海に落ちたのかまでは判りません。けど、女将さんが、いずれにしてもそれは本人の持って生まれた宿命《さだめ》、と言って下さいやしてね。それで、あたしの気持もいくらか楽になりやした」

「そうだったのですか……。それはお寂しくなりましたわね」

貞乃は深々と息を吐《つ》いた。

「それで、先ほど女将さんには話したのでやすが、今後はあたしが母の跡《あと》を継ごうと思いやしてね」

「跡を継ぐとは……」

貞乃が目を瞬《しばたた》く。

「あたしにも某《なにがし》か子供たちの役に立てるのではと思いやして……。拝見したところ、年嵩《としかさ》の男の子が手本にしているのは『小野篁歌字尽』のようでやすが、単漢字だけでなく、今後は熟語や地名、名寄《なよ》せなどの往来物《おうらいもの》が必要となりやしょう? 次に来るとき、それをお持ちしやしょう。で、今日のところは、商売物なのでやすが、子供用の赤本《あかほん》を何冊かお持ちしやした」

謙吉はそう言うと、風呂敷包みを解《ほど》き、数冊の草双紙《くさぞうし》を取り出した。

草双紙は絵双紙《えぞうし》とも呼ばれ、五丁《ごちょう》(十頁)を一巻一冊とする絵本で、赤本は子供向けのお伽噺《とぎばなし》を主流とし、表紙が赤いところから赤本と呼ばれるようになったのである。

また、黒本《くろほん》、青本《あおほん》、黄表紙《きびょうし》は浄瑠璃《じょうるり》や歌舞伎《かぶき》の筋立てをなぞったものが多く、大人向けといってもよいだろう。

一方、絵が中心の草双紙に代わって物語に重きを置いたのが洒落本《しゃれほん》で、これには遊里を舞台に男女の絡《から》みを会話文体で描《えが》いたものが多かった。

そして、洒落本の写実技法《しゃじつぎほう》を継承《けいしょう》しつつも、庶民の失敗談や風刺《ふうし》で笑いを誘《さそ》うのが滑稽本《こっけいぼん》で、十返舎一九《じっぺんしゃいっく》の「東海道中膝栗毛《とうかいどうちゅうひざくりげ》」や式亭三馬《しきていさんば》の「浮世風呂《うきよぶろ》」などが代表とされた。

また、男女の濡《ぬ》れの幕（恋愛）を描いたのが人情本《にんじょうぼん》で、勧善懲悪《かんぜんちょうあく》、因果応報《いんがおうほう》の世界を描いた本格的な長編ものを読本《よみほん》といい、これは滝沢馬琴《たきざわばきん》の「南総里見八犬伝《なんそうさとみはっけんでん》」が有名である。

ところが、木版印刷の発展により書物が身近になったといっても、依然《いぜん》、庶民が買い求めるには高直《こうじき》すぎる……。

そこで、台頭《たいとう》したのが貸本屋であった。

貸本屋はこれらの本を風呂敷に包み、背中に負って顧客《こきゃく》を巡《めぐ》り、三日、七日、十五日と日限を決めて見料《けんりょう》を取った。

何しろ、貸本屋は直接顧客を廻《まわ》るのであるから読者の反応には敏感で、ときには読者の代弁者《だいべんしゃ》として版元《はんもと》や戯作者《げさくしゃ》に注文をつけることもあり、少なからず作品に影響を与えたともいわれ、江戸読本創出者である戯作者山東京伝《さんとうきょうでん》に、版元は親里《おやざと》なり、読んで下さる御方様《おかたさま》は婿君《むこぎみ》なり、貸本屋様はお媒人《なこうど》なり、と言わしめたというほどだから、貸本屋はなくてはならない存在だったのである。

謙吉が赤本を手にすると、勇次と卓也が筆を放り出し、目の色を変えて寄って来る。

「わっ、さるかに合戦だ！」

「桃太郎《ももたろう》もあるぜ！」

すると、女ごの子も慌てて寄って来る。

「ねっ、ねっ、一寸法師《いっすんぼうし》はある？」

「あたしはかぐや姫がいい！」

謙吉はでれりと目尻を下げた。

「ああ、あるぜ。皆、好きな本を選んでくんな。一廻《ひとまわ》り（一週間）したらまた廻ってくるからよ。それまで、ゆっくりと読むんだな」

「でも、あたしたち、お金ないよ」

しっかり者のおいねが言う。

「なに、金なんていいさ。おっちゃん、時々、こうして廻ってきてやるからよ。読みてェだけ読めばいい。けどよ、赤本ばかりじゃねえぜ。手習の往来物もせっせと持ってくっから、しっかり学ぶんだぜ！」

「おいら、赤本だけでいい！」

勇次が言うと、おいねも続く。

「あたしも！」

「あらあら、しっかりお勉強しないと、謙吉さんが赤本を持ってこないと言われますよ。ねっ、そうですよね？」

貞乃が謙吉に目弾《めはじき》をする。

「ああ、そうだよ。おまえたちがしっかり学んだかどうか、貞乃さまに訊《き》くからよ。その答えによっちゃ、おっちゃん、もう二度と赤本を持って来ねえかもしれねえぜ！」

途端《とたん》に、勇次が潮垂《しおた》れる。

「おじさん、俺、消息往来《しょうそくおうらい》の手本が欲《ほ》しいんだ！　大人になって、まともに文が書けねえようじゃ恥ずかしいもの……」

卓也が謙吉を上目《うわめ》に窺う。

此《こ》の中《じゅう》、旅籠の追廻《おいまわし》の仕事を手伝うようになった卓也だが、なんといっても、まだ十六歳……。

学べる間は、しっかり知識をつけなくてはならない。

「ああ、約束するぜ。この次、きっとな！」

謙吉は嬉《うれ》しそうに答えた。

「有難《ありがと》うございます。けれども、本当に、お言葉に甘えて宜しいのかしら？」

おりきが気を兼ねたように言うと、謙吉は、なァんの、これしき……、と満足そうに笑ってみせた。

「寧《むし》ろ、こうして自分にも役に立つことが出来るのだと思うと、涙が出るほど嬉しくって……。きっと、母もこの気持を味わいたくて、子供たちに接してたんでやすね」

謙吉は指先で潤《うる》んだ目を拭《ぬぐ》った。

その刹那《せつな》、おりきにもお銀の心が見えたように思った。

お銀が子供たちのために袢を誂《あつら》えてやろうと思ったのは、決して善《よ》い顔をしたかったのでも施《ほどこ》しをしたかったのでもなく、お銀は身体の内から出て来る、我が心の声に従っただけなのだと……。

お銀は子供たちに接し、心さらな気持を取り戻したのに違いない。

「するてェと、あすなろ園には、ひいふうのみ……、赤児《やや》二人を含めて、七人の子が？　いえね、この次来るとき、菓子でも買ってきてやろうかと思いやしてね」

謙吉が改まったように言う。

「いえ、もう一人いるのですよ。亀蔵親分のお孫さんで、みずきちゃんという七歳の娘が……。けれども、可哀相《かわいそう》に、年の瀬に大火傷《おおやけど》をしてしまいましてね。現在《いま》は、高輪車町《たかなわくるまちょう》の八文屋《はちもんや》で休んでいますの」

大火傷と聞いて、つと謙吉の顔が曇《くも》った。

「そいつァ……。ようがす、帰《けえ》りに八文屋を覗いてみやしょう。みずきって娘《こ》の気が晴れるような赤本を選んで置いてきやすよ」

「まあ、そうしていただけます？　恐らく、どこにも出掛けられなくて、気持がくさくさしているでしょうから、悦びますわ、きっと！」

おりきは心《しん》から安堵した。

みずきと聞いて、子供たちの目が一斉《いっせい》におりきに注《そそ》がれている。

恐らく、子供たちもみずきのことを案じているのに違いない。

そう思うと、おりきの胸が熱いもので一杯になった。

みずきが火傷をして、半月……。

みずきちゃん、早く良くなって、あすなろ園に戻っておいで……。

おりきは胸の内で、そっと呟《つぶや》いた。

「そうですか……。やはり、謙吉さんは八文屋に寄って下さったのですね」

おりきが亀蔵の前に抹茶茶碗《まっちゃぢゃわん》をそっと置く。

「ああ、驚いたぜ。よく俺んちが判ったなと思ったら、立場茶屋おりきの女将から聞いたというじゃねえか。たまたま俺がいたから謙吉だと判ったが、いねえときだったら、あいつ、てめえのことをこうめたちにどう説明したのかと思ってよ……。だってそうだろうが？　お銀の息子と名乗ったところで、うちの者は誰一人としてお銀のことを知らねえんだからよ」

「その場合は、わたくしから頼まれたといって、みずきちゃんに向きそうな赤本を置いて帰られたでしょうよ」

「まあな……」

「みずきちゃん、悦びましたでしょう？」

「ああ、悦んだのなんのって……。浦島太郎《うらしまたろう》やら花咲か爺《はなさかじい》さんだの、謙吉が何冊か置いてってくれたもんだから、おさわに読んでくれとせがんでよ。みずきの奴、おさわが帰《けえ》って来てからというもの、すっかり赤ちゃん返りをしちまってよ……。まっ、どこにも出掛けられねえんだから、仕方がねえといえば仕方がねえんだがよ」

「ずっと寂しい想《おも》いをしてきたのですもの……。それに、まだ七歳になったばかりというのに、心身共に耐《た》え難《がた》いほどの衝撃《しょうげき》を受けたのですからね。それを思えば、完全に疵《きず》が癒《い》えるまで、まだ暫《しばら》くときがかかるかもしれませんね。それにしても、お銀さんの息子さんがあんなに出来た方だとは……。お銀さんのことを少しも疑っていないのですもの、正直にいって、わたくし、少し戸惑いましたの」

亀蔵はお薄《うす》を飲み干すと、くくっと肩を揺すった。

「やっぱ、おめえもか……。いや、俺もよ、あいつが、あすなろ園の子供たちに接し、初めて母の気持が解ったような気がする、自分が身代限《しんだいかぎ》りをしてからというもの、老いた身でたった独りで立行していくのは大変だっただろうに、倹《つま》しい生活《たつき》の中で、それでも母が子供たちを悦ばせようとしたのは、子供を悦ばせることが自分の悦びに繋《つな》がると思ったからなんでやすね、と言うもんだからよ、ヘン、何が倹しい生活かよ、他人《ひと》の懐《ふところ》を掠《かす》めた金で大盤振舞《おおばんぶるまい》をしていただけじゃねえか、とつい口が滑《すべ》りそうになっちまってよ……。鶴亀鶴亀《つるかめつるかめ》……。あの石部金吉金兜《いしべきんきちかなかぶと》に、おめえのお袋は泣きのお銀と異名《いみょう》を取った、巾着切《きんちゃくき》りだと言ってみな？　それこそ、あいつ、母親の代わりに自分をお縄《なわ》にしてくれと番屋《ばんや》に駆け込みかねねえからよ……。けどよ、嘘《うそ》を吐くってェのは、辛《つれ》ェな……。なっ、おめえもそうなんだろ？」

亀蔵がおりきに目まじする。

「そうなのですよ。貞乃さまやキヲさんには本当のことを告げていませんでしたでしょう？　貞乃さまなんて、お銀さんが溺死《できし》したと聞いただけで色を失われ、わたくし、どう説明したものかと躊躇《ちゅうちょ》したのですよ。けれども、さすがは謙吉さんですわ。貞乃さまが動揺されたと察すや、すぐに、母が亡くなったのは故意か事故か判らないが、いずれにしても、本人の持って生まれた宿命《さだめ》、とわたくしが言った言葉を引用なさいましてね……。それで、貞乃さまもこのことにはあまり触れないほうがよいと解られたようで、わたくしもほっと息を吐きましたの」

「そうけえ……。まっ、このことは、俺とおめえとの秘密だからよ。へへっ、なんだか俺《おり》ャ嬉しくなったぜ。なんせ、俺とおめえは共通の秘密を抱《かか》えているってことになるんだからよ」

亀蔵が茶目っ気たっぷりに片目を瞑《つぶ》る。

「まっ、親分たら！」

すると、そこに大番頭の達吉《たつきち》が入って来た。

達吉は何があったのか、途方《とほう》に暮れたような顔をしている。

「どうかしまして？」

おりきが訊ねると、達吉は困じ果てたような顔をして、へえ……、と後ろを振り返った。

「それが、妙な爺さんが十歳くれェの娘っこを連れて来て、ここに巳之吉《みのきち》という板前がいるか、いたら、この娘《こ》を渡してくれと……」

「娘ですって？」

おりきが訝しそうな顔をする。

「おい、待ちな！　この娘《こ》を巳之吉に渡せといってもよ、その娘と巳之吉はなんの関係があるのかよ！」

亀蔵が気を苛《いら》ったように鳴り立てる。

達吉はますます困じ果てたような顔をした。

「なんの関係があるのかとあっしに言われても……。そうだ、こいつを渡せば解ると言ってやした」

達吉が懐から文を抜き取る。

それは、文というより、走り書きのようなものだった。

よれよれになった紙に、なつめ十歳、母夢里《ゆめさと》、父巳之吉とある。

父巳之吉……。

おりきはあっと息を呑《の》んだ。

「達つァんよ、その娘《こ》を連れて来た爺さんというのは、どこにいる！」

亀蔵が血相《けっそう》を変え、達吉を睨《ね》めつける。

「それが……。巳之吉はいるかと訊くもんだから、いると答えると、この娘《こ》をそいつに渡してくれ、母親が死んじまったのだから、その男が引き取るのが筋だろうが！

といい、とどしめき、娘を置いて、とっとと帰《けえ》っちまってよ……。あっしはまだ見てねえもんで、何が書いてあるのか……」

そう言うと、達吉はおりきの手にした文を覗き込み、

「ええェ！　父巳之吉だって……。じゃ、あの野郎が言った、そっちが引き取るのが筋だといったのは、そういうことだったのかよ……」

と目をまじくじさせた。

おりきは意を決し、つと顎《あご》を上げた。

「それで、その娘は現在《いま》どこにいるのですか？」

「表で待たせていやすが……」

「連れて来て下さい。で、現在《いま》、巳之吉は？」

「そろそろ魚河岸《うおがし》から戻って来るかと思いやすが、今日はちと帰りが遅うござんすね。大方、今宵の泊まり客が食通ばかりとあって、仕入れに念を入れてるのでしょう。けど、もう戻って来やすよ」

達吉が娘を呼びに出て行く。

「見廻り前《めえ》にここに寄ったもんだから、俺ャ、そろそろ行かなきゃなんねえんだが、巳之吉の娘が出現したとあっては、放ってもおけねえからよ。ええい、てんぽの皮！おっ、おりきさんよ、俺も付き合うぜ！」

亀蔵が再びどかりと腰を下ろす。

おりきの脳裡《のうり》を、さまざまな想いが駆け抜けた。

確か、達吉は娘は十歳くらいと言ったっけ……。

とすれば、巳之吉が京の都々井《つつい》から江戸に戻って来た年と符帳《ふちよう》が合う。

では、巳之吉は京で……。

恐らく、おりきの顔には剣呑《けんのん》な雰囲気が漂《ただよ》っていたのであろう。

亀蔵が気遣わしそうにおりきを見る。

「おめえの気持はよく解る。けどよ、何事であれ、決めつけてかかっちゃ駄目だからよ。いいから、気を鎮《しず》めな」

おりきは引き攣《つ》ったような笑みを見せた。

達吉が娘を連れて来る。

娘は片脚《かたあし》を引き摺《ず》りながら、しおしおと帳場に入って来ると、上目におりきと亀蔵を窺い、ハッと俯《うつむ》いた。

この娘《こ》が十歳だとすればおせんと同い歳だが、やけに小柄で、見たところ、脚が不自由のようである。

「お坐《すわ》りなさい」

おりきがそう言うと、娘は怖《お》じ気《け》づいたように後退《あとじさ》りしたが、達吉に促《うなが》され怖ず怖ずと腰を下ろした。

「お名前は？」

「なつめです」

「そう、可愛らしいお名前なのね。それで、歳は？」

「十歳……」

「それで、どこから来たのかしら？」

「京の西陣《にしじん》……」

おりきの胸がきやりと揺れた。

やはり、都々井に関係があるのだ……。

「では、一緒に来た方はどなたなのかしら?」

おりきが訊ねると、なつめは首を振った。

「なに、知らねえというのか、知らねえと！　そんなわけねえだろが！　京から品川宿まで一日や二日で来られるわけがねえ……。道中を共にしたというのに、相手の男が誰だか知らねえとは言わせせねえぜ！」

「…………」

なつめは泣き出しそうな顔をした。

「親分、そんなに声を荒《あら》らげたのでは、なつめちゃんが畏縮《いしゆく》してしまうではありませんか。ねっ、なつめちゃん、わたくしはね、この旅籠の女将でおりきといいます。怖がらなくてもいいから、女将さんに本当のことを話してくれないかしら?」

おりきがなつめの傍に寄って行き、肩に手をかける。

なつめが怖々《こわごわ》と顔を上げる。

色白で、雛《ひな》を思わせる愛らしい面差しをしていた。

「けど、本当に知らん……。お母はんが死なはって、ばっちゃんがうちじゃおまえを育てることが出来《でけ》へんから、このおっちゃんにおまえを江戸まで送り届けてくれと頼んでおきやした、これからはお父はんと一緒に暮らしなはれって……」

なつめは鼠鳴《ねずみな》きするような声で言った。

おりきと達吉が顔を見合わせる。

亀蔵も、やれ、と太息《ふといき》を吐く。

「てこたァ、巳之吉がこいつの父親《てておや》ってことになるのか……。おいおい、巳之吉も隅《すみ》に置けねえじゃねえか！　京に修業に行ったのはいいが、料理を拵《こしら》えるだけじゃ飽《あ》きたらず、餓鬼まで拵えてたんだからよ」

おりきの顔が蒼白《そうはく》になる。

ハッと達吉がおりきを見ると、親分！　と亀蔵を制した。


巳之吉が帰って来たのは、そんなときだった。

巳之吉はいつものように板場側の障子の外から、ただいま帰《けえ》りやした、と声をかけると、そのまま立ち去ろうとした。

「巳之吉、お入りなさい……」

おりきが圧《お》し殺した声で言う。

「へい」

巳之吉が障子を開け、訝しそうに中を窺う。

「何か……」

「いいから、お入りなさい」

そう言うと、巳之吉は怪訝《けげん》そうな顔をして中に入って来た。

そうして、亀蔵にちょいと会釈《えしゃく》をすると、隣に坐ったなつめをちらと見たが、別に気に留《と》めるふうでもなく、おりきに目を戻した。

「巳之吉、この娘さんはなつめちゃんといいます。京の西陣から来たそうですが、おまえに心当たりはありますか？」

おりきはそう言うと、手にした紙切れを巳之吉の前に差し出した。

巳之吉は紙切れを手にすると、えっと、驚いたようになつめを見た。

「そこには、母夢里、父巳之吉とありますが、覚えはありませんか？」

巳之吉がとほんとした顔をする。

「ええ、確かに、父巳之吉と書いてありやすが、これがあっしのことだと？」

「てんごうを！　そいつを訊きてェのは俺たちのほうじゃねえか……。おめえ、夢里という女ごを知っているのか？　いや、知っているというより、つまり、そのう……、その女ごと理《わり》ない仲になったのかよ」

亀蔵が気を苛ったように膝《ひざ》を揺する。

「滅相もねえ！　第一《でえいち》、夢里という女ごなんて……。いや、待てよ。都々井に出入りしていた芸妓《げいぎ》にそんな女ごがいたような……。夢里、夢里……。ああ、やはり、あの女ごだ。けど、その芸妓とは挨拶を交《か》わす程度で、二人きりになったこともありやせんぜ」

「じゃ、別の夢里か？　といってもよ、狭《せめ》ェ花街で同じ名前《なめえ》の芸妓がそうざらざらいるとは思えねえからよ……。が、待てよ。この娘《こ》のおっかさんは芸妓じゃねえのかもしれねえぜ」

達吉はそう言うと、探《さぐ》るような目で巳之吉を見た。

「芸妓でねえとしたら、尚《なお》さら、知りやせん。あっしは板場と閨《ねや》を往復するだけで、外に出ることなどありやせんでしたので……」

亀蔵がなつめに目を据《す》える。

「おめえよ、おめえのおっかさんは何をやっていた？　お座敷に出てたんじゃねえのかよ」

なつめはこくりと頷《うなず》いた。

「お母はん、去年まではお座敷に出てはった……。けど、病《やまい》に臥《ふ》すようにならはって、うちだけでなく、お母はんまでがばっちゃんの世話になるようになったの……。ばっちゃん、お母はんがお座敷に出んようになってお金が入らへんようになったもんだから、ふた言目には、なんでうちが父《てて》なし子ばかりか病人の世話までせにゃならんとぶつぶつと言わはって……」

「では、いつ、おめえのおっかさんは亡くなったというのかえ？」

亀蔵がじれったそうに訊ねる。

なつめは怖々と顔を上げた。

「ひと月前……。ばっちゃん、お母はんが亡くなったからには、あてにはおまえの面倒を見る義理はあらしまへん、これからは、お父はんに世話をしてもらいなはれって……。お母はんはばっちゃんの養女やったから、うちとは血の繋がりがあらへん……。それで、うちを置屋《おきや》に売ろうとしはったんやけど、うち、生まれつき脚がこんなだから、置屋の女将はんがいい顔をしはらへんかった……。それで、お父はんのところに行きなはれって……」

「ちょい待った！」

亀蔵が甲張《かんば》った声を上げる。

「おめえよ、婆さんから父親《てておや》の元に行けと言われたというが、おめえの父親が巳之吉だとおっかさんから聞いてたのかよ？　そりゃよ、確かに、ここに父巳之吉と書いてある……。だがよ、それが品川宿門前町《しながわしゆくもんぜんちょう》立場茶屋おりきの巳之吉とどうして判る？」

なつめは再び項垂《うなだ》れた。

「お母はん、一度だけ、言わはった……。後にも先にも、あてが本気で好いた男はんは都々井の巳之吉はんだけやったって……。巳之吉って男《ひと》がうちのお父はんだと聞いたわけやない！　けど、お母はん、他にはお父はんのことを何も話してくれはらへんかった……。お母はんが死なはって、ばっちゃんからお父はんの元に行きなはれと言われたら、一度だけお母はんが口にしなはった、巳之吉って男《ひと》がお父はんかもしれへんと思って……」

「それで、都々井を訪ね、巳之吉の居場所を訊いたのね？」

おりきの胸がカッと熱くなった。

可哀相に、なつめはまだ見ぬ父を訪ねて、長い長い旅をしてきたのである。

「巳之吉、おまえは本当にこの娘《こ》と関係がないのですね？」

おりきは巳之吉に目を据えた。

「へい。夢里という女ごは見ず知らずの相手ではありやせん。だから、あっしが父親《ておや》だと言ってやればこの娘《こ》も安心するのだろうが、あっしにャ嘘は吐けやせん……」

巳之吉の目には微塵芥子《みじんけし》ほども曇りがなかった。

おりきが頷く。

「解りました。どちらにしても、この娘《こ》には帰る場所がないのです。それに、巳之吉を父と思い訪ねて来たのも、何かの縁……。あすなろ園にまた一人娘が増えたと思えばいいのですもの、うちで預かりましょう。ねっ、なつめちゃん、うちにはね、あすなろ園という養護施設があるのよ。親を亡くした子が兄妹《きょうだい》のようにして暮らしているのです。そうね、なつめちゃんと同い歳の娘《こ》もいるわ。これからは、そこで皆と一緒に暮らしましょうか?」

おりきがなつめの目を見てそう言うと、なつめは明らかに失望の色を見せた。

「この男《ひと》、なつめのお父はんじゃあらへんの?」

「ああ、済まねえな。おめえのおっかさんがどうして俺の名を出したのか知らねえが、俺ャ、おめえのおっかさんと親しくした覚えがねえもんでよ」

巳之吉が慰めるように言うと、なつめはそれまで堪《こら》えていたものがプツリと切れたかのように、ワッと顔を手で覆《おお》った。

「夢里という女ごがどうして巳之吉の名を出したかだって？　決まってらァ、夢里が巳之吉にほの字だったからじゃねえか！　後にも先にも、好いた男は巳之吉だけだと？　このォ……、色男めが！」

亀蔵がひょっくら返す。

「いや、あっしはそんなんじゃ……」

巳之吉が弱りきった顔をする。

「じゃ、この娘っこはあすなろ園で預かるとして、おっ、いけねえや！　巳之吉の隠し子騒動にすっかり手を取られ、見廻りに出るのが遅くなっちまったじゃねえか……。さぞや、金太《きんた》や利助《りすけ》がぶうたれてるだろうて。じゃ、あばよ、また来らァ！」

亀蔵があたふたと帳場を出て行く。

「ところで、この娘《こ》、お腹が空《す》いてるのじゃないかしら？　なつめちゃん、朝餉《あさげ》は食べたのかしら」

おりきが訊ねると、なつめは慌てて袂《たもと》で涙を拭い、こくりと頷いた。

が、腹は正直である。

なつめの腹がぐもった音を立てた。

あらあら……。

おりきは巳之吉を見ると、

「中食《ちゆうじき》から他の子供たちと一緒に食べさせることにして、この娘《こ》の朝餉を何か見繕《みつくろ》ってやって下さいな。巳之吉は仕入れから戻ったばかりで仕込みの仕度もあるでしょうから、連次《れんじ》にそう伝えて下さいな」

と言った。

「解りやした」

巳之吉が辞儀をして去って行く。

おりきはなつめが投げ出した片脚に目をやった。

うち、生まれつき脚がこんなだから……。

そう言って、辛そうに顔を歪《ゆが》めたなつめ。

可哀相に……。

だが、身体《からだ》は不自由であっても、せめて、心だけは真っ直ぐに育ててやらなければ……。

そのためにも、自分たち大人がなつめを護《まも》り慈《いつく》しみ、ふんだんの愛で包み込んでやらなければ……。

暫くして、巳之吉が運んで来たなつめの朝餉膳《あさげぜん》は、玉子ふわふわに鮭焼《さけやき》、法蓮草《ほうれんそう》のお浸《ひた》しに豆腐《とうふ》と若布《わかめ》の味噌《みそ》汁《しる》、握《にぎ》り飯《めし》だった。

巳之吉が自《みずか》ら運んで来たということは、どうやら連次に委《ゆだ》ねることなく、手ずから作ってくれたようである。

「まあ、美味《おい》しそうだこと！　巳之吉、これはなんという玉子料理なのかしら？」

おりきは目を輝かせた。

その実、おりきも初めて目にする玉子料理だった。

「玉子ふわふわ……。作り方は至《いた》って簡単、なんてことはねえんでやすがね。子供の口に合うんじゃなかろうかと思い作ってみやした」

巳之吉はそう言って、作り方を説明した。

それによると、鰹出汁《かつおだし》の少し濃《こ》いめの醤油《しょうゆ》の勝った清《す》まし汁を煮立て、玉子に砂糖《さとう》を加えてよく泡立《あわだ》て、鍋《なべ》の縁《ふち》から一気に流し込んで蓋《ふた》をする。

そうして、熱が玉子全体に回ってふんわりと盛り上がったら、出来上がり……。

「ふわふわ感を出すコツは、玉子をよく掻《か》き混ぜ泡立てること……。ほんの少し砂糖を加えることで、玉子はしっかりと泡立ちやす」

「なんだか、俺も食いたくなったぜ」

達吉が生唾《なまつば》を吞む。

「とても会席《かいせき》に出せる料理じゃありやせん。が、子供なら、悦んでくれると思って……」

「他の子供たちにも食べさせてやりたいですね。けれども、これだと一人に一個の玉子が必要となり、それで、これまで榛名さんは作らなかったのでしょうね。遠慮することはなかったのに……。そうだわ、この次、何か祝い事があったときに、これを子供たちに作ってやるようにと言っておきましょう。さっ、なつめちゃん、お上がりなさい」

なつめが怖ず怖ずと箸《はし》に手を伸ばす。

そうして、まず汁椀《しるわん》を手に若布と豆腐を口にすると、続いて、玉子ふわふわに……。

なつめの表情が変わった。

それまで周囲《まわり》の目を意識して臆《おく》していたなつめが、片手に握り飯を摑《つか》むと、傍目《はため》も気にせず、カッカと食らいつくようにして食べ始めたのである。

よほど空腹《からはら》だったのに違いない。

おりきは焙《ほう》じ茶を淹《い》れてやると、なつめの膳に置いた。

「喉《のど》に詰まらせないようにね」

そう言うと、巳之吉に、有難うよ、と目まじした。

あすなろ園の子供たちは、珍しいものでも見るように、なつめを上から下へと舐《な》め下ろした。

貞乃は子供たちの反応に少し戸惑った。

「今日から、あすなろ園の仲間になったなつめちゃんですよ。なつめちゃんは遠い京の町からはるばる品川宿までやって来たのですから、皆、仲良くしてあげましょうね。そう、歳は十歳……。おせんちゃんと一緒です。良かったわね、おせんちゃん！　みずきちゃんが怪我《けが》をして当分ここに来られなくなってから、ずっと寂しい想いをしていたのですものね。おいねちゃんもそうよね？　おいねちゃんはあすなろ園ではうんと先輩格なのですもの、いろいろと教えてあげて下さいね」

貞乃はおいねの目を瞠めた。

「うん、いいよ。おいね、なんでも教えてあげる！」

先輩格という言葉に気をよくしたのか、おいねがいそいそとなつめの傍に寄って行く。

「なつめちゃんも怪我をしたの？　あたしもこの間脚を骨折したんだよ。もう治《なお》ったけど、現在《いま》はみずきちゃんが肩に火傷して休んでるんだよ。ねっ、なつめちゃんのその脚……。なつめちゃんも骨折したの？」

拙《まず》い……。

貞乃は慌てた。

やはり、最初《はじめ》に本当のことを話しておくべきだった……。

「そうではないのよ。なつめちゃんは怪我をしたのではなく、生まれたときからこうだったのですって……。けれども、おいねちゃんのすることはなんでも出来るわ。此度《こたび》も、京から品川宿まで、長い長い旅をしてきたのですもの……。だから、皆と少しも変わりないのですよ」

「へぇェ、いいんだ！　おいらなんて、生まれてから一度も品川宿を離れたことがねえもんな。おい、京ってどんなところだ？　いいところなのか？　寺が沢山あるんだろ？」

勇次が興味津々《きょうみしんしん》に訊ねると、おいねが槍《やり》を入れる。

「何言ってんのさ！　寺なら門前町にも沢山あるじゃないか」

「違わい！　京の寺はこんな生《なま》はんじゃくなもんじゃねえんだとよ。なんせ、都《みやこ》がある場所なんだからよ。江戸は権現《ごんげん》（徳川家康《とくがわいえやす》）さまが幕府を作って大きくなったんだけど、京に比べるとうんと歴史が浅いんだってさ！」

勇次が鼻柱《はなばしら》に帆《ほ》を引っかけたような顔をする。

「あら、勇ちゃんは物知りだこと！　では、よい機会だから、午後から歴史の勉強をしましょうか」

貞乃に言われ、勇次はしまったという顔をした。

「えぇエ……」

どうやら、勇次は藪《やぶ》をつついてしまったようである。

「なつめちゃん、手習はどこまで進んだの？　おいねとおせんちゃんはね、仮名手本はもう終わったから、次は少しずつ単漢字を習うんだよ」

おいねがなつめの顔を覗き込む。

「…………」

「どうしたの？　なつめちゃん、京で手習の稽古をしてたんだろ？」

「…………」

なつめは泣き出しそうな顔をした。

貞乃が慌てて割って入る。

「なつめちゃん、京で手習所、いえ、あちらでは寺子屋というのですってね。寺子屋に通っていたのでしょう？」

なつめは怯《おび》えたように、目を三角にした。

「………」

今度は、貞乃が挙措を失った。

おりきから聞いた話では、なつめは血の繋がらない祖母に預けられていたとか……。では、寺子屋に通わせてもらうどころか、満足な生活を送ってこなかったのであろうか。

「気にしなくていいのよ。では、今日から、少しずつお勉強しましょうね。大人になるまでに、読み書き、算勘《さんかん》が出来るようになっていないと不便ですからね。大丈夫、すぐに皆に追いつけますよ。ですから、焦《あせ》らずにぼつぼつ学んでいきましょうね」

「けど……、うち、お金あらへん……」

なつめが消え入りそうな声で呟く。

「月並銭《つきなみせん》（月謝）のことを気にしているのかしら？　お金なんて要《い》らないのよ。あすなろ園の仲間になったからには、食べることにも着ることにも学ぶことにも、お金は要らないの。なつめちゃんも逢ったでしょうが、すべて立場茶屋おりきの女将さんがやって下さいますの。ですから、なつめちゃんは一日も早く皆に打ち解《と》けて、ここで元気に暮らしていきましょうね」

「貞乃さま、どうやら、早速《さつそく》、この娘《こ》の袷《あわせ》を見繕わなきゃならないようですね。見て下さいな。この娘ったら、こんな薄っぺらな着物を着せられて……」

キヲが傍に寄って来る。

「なつめちゃんに間に合いそうな袷がありますか？　なければ、わたくしの着物を解いて、急いで四ツ身に仕立てなければなりませんので……」

貞乃がそう言うと、キヲが訳知《わけし》り顔に指を振ってみせる。

「そんなこともあろうかと、女将さんがおきちさんの四ツ身を洗い張りして下さってるんですよ。まあ、柳行李《やなぎごうり》の中に、おきちさんや三吉《さんきち》さんの子供の頃の着物がぎっしり……。あの二人が立場茶屋おりきに連れて来られたのが十歳のときと聞きましたから、あれから、八年……。女将さんたら、二人に不自由をさせないようにと、なんと、あれだけ沢山の着物を拵えて下さってたんですよ。現在《いま》、おせんちゃんが着ている着物だって、おきちさんのお下がりなんですからね」

さすがは、おりきである。

三吉やおきちを引き取ったときには、まさか、先々《さきざき》、あすなろ園という養護施設を開くことになるとは思ってもみなかったであろうに、こうして、何枚もの着物を保存していてくれたのである。

早速、キヲが柳行李の中を探り、幾何学模様《きかがくもよう》の伊予絣《いよがすり》を取り出してくる。

袷は紺《こん》と白の絣模様《かすりもよう》で、一見《いっけん》、地味《じみ》そうに見えても、裏地に紅《べに》を配しているので、鶯色《うぐいすいろ》の更紗《さらさ》帯《おび》を併《あわ》せると、それなりに華《はな》やかで愛らしい。

「さあ、なつめちゃん、これに着替えようね」

キヲが手を差し出す。

なつめはハッと後退った。

「えっ、どうしたえ？」

「うち、このままでええ……」

「このままでいいといったって、現在《いま》はまだ寒いよ。そんな薄っぺらなものを着ていたら、風邪《かぜ》を引くじゃないか！　先つ頃《さいごろ》、品川宿では流行風邪《はやり》が蔓延《まんえん》して大変な騒動だったんだよ。ようやく収まったばかりだというのに、おまえに風邪を引かれたんじゃ、他の子供たちまでが困ることになるからさ。さっ、早く、これに着替えるんだよ」

キヲがなつめを引き寄せ、無理に単衣《ひとえ》を脱《ぬ》がそうとする。

「いけん、嫌《いや》じゃ！　脱ぎとうない。これ、うちのお母はんがくれはった着物じゃもん」

なつめは必死に抗《あらが》った。

その様子がおかしかったのか、勇次がひょっくら返したように口真似《くちまね》をする。

「いけん、嫌じゃ！　脱ぎとうない。これ、うちのお母はんがくれはった着物じゃもん……。はン、変な言い方！　バッカみてェ」

「勇ちゃん！」

キヲが勇次を睨《にら》みつける。

その刹那、なつめの肩からはらりと着物が脱げ落ちた。

あっと、キヲは息を呑んだ。

貞乃の目も、なつめの背に釘《くぎ》づけとなる。

なんと、なつめの背中に、明らかに折檻《せっかん》の跡と思える、蚯蚓腫《みみずば》れが幾《いく》つも……。

なつめは慌てて着物を引き寄せると、ワッと泣き崩《くず》れた。

キヲがなつめを引き寄せ、抱き締《し》める。

「なつめちゃん、気づかなくてごめんね。おばちゃんが悪かった……。もう大丈夫だからね。これからはあたしたちがなつめちゃんを護ってやるから安心するんだよ」

子供たちもなつめの背中の傷跡《きずあと》に衝撃を受けたのか、言葉を失い、硬直している。

が、暫くして、勇次がなつめの傍に寄って行くと、耳許《みみもと》で囁《ささや》いた。

「なつめちゃん、ひょっくら返して、ごめんな」

すると、おいねやおせんも傍に寄って行く。

「あたしもごめんね。これからは、あたしとおせんちゃんがなつめちゃんに手習を教えてあげるからね」

「おせんの人形や手鞠を使ってもいいよ。そうだ、今宵から、おせんの隣で眠るといいよ。貸本屋のおっちゃんが赤本を貸してくれたから、あたし、読んでやるからね」

懸命《けんめい》に、子供たちがなつめを励まそうとする。

六歳になったばかりの悠基までが、何か言おうと口をもごもごとさせている。

ところが、どうやら何も思いつかないようで、やっと見つけた言葉が、

「なつめちゃん、おいらの妹だって背中に抓《つね》られた跡があるんだよ」

という言葉だった。

貞乃とキヲが唖然《あぜん》としたように、顔を見合わせる。

悠基は、大人に傷つけられたのはなつめだけではないんだよ、とでも言いたかった

のであろうが、それにしても……。

「さっ、着物を着ようか……。おやまっ、似合うじゃないかえ！　まるで、なつめちゃんのために誂えたようだよ」

キヲがなつめを立たせ、伊予絣を着せてやる。

「ほら、この帯を締めると、引き締まって見えるだろ？」

「本当ですこと……。なつめちゃん、なんて可愛いのでしょう。ねっ、皆もそう思うでしょう？」

貞乃が他の子供たちに目まじする。

「うん。綺麗《きれい》だよ！」

「なつめちゃん、別人みたいだ」

「よし、今日から、おいらはおめえの兄貴分だ！　悠基は弟分で、おいねが妹分、おせんは……。えっ、おせんはなつめと同い歳だから、なんて言えばいいんだ？」

勇次が首を捻《ひね》る。

「姉貴分でいいんだよ！　だって、歳は同じでも、ここではおせんちゃんが先輩格なんだからさ」

おいねは先輩格という言葉がよほど気に入ったとみえ、鬼の首でも取ったかのように、鼻《お》蠢《ごめ》かせた。

なつめが気恥ずかしそうに、上目に皆を窺う。

が、キヲがなつめの脱いだ単衣を片づけようとすると、ハッと奪い返そうとした。

「取り上げるんじゃないんだよ。預かっておくだけなんだからさ。洗い張りをして、また単衣を着る季節になったら、仕立て直してあげるからさ」

キヲがそう言うと、ようやく、なつめは眉を開き、単衣から手を放した。

貞乃の胸が熱くなる。

お母はんがくれはった……。

なつめの放《せっ》ったこのひと言に、どんな意味合いが込められているのかと思うと、どこかしら切なく思えたのである。


おりきは京の吉野屋幸右衛門《よしのやこうえもん》に文を認《したた》めることにした。

最初《はじめ》は巳之吉を立場茶屋おりきに紹介した、京の紙問屋高田屋《たかだや》に訊ねるほうが手っ取り早いのではとも思ったが、高田屋は立場茶屋おりきの常連といっても幸右衛門ほど親しくしておらず、やはり、腹蔵《ふくぞう》なく話が出来るのは、幸右衛門を置いては考えられなかった。

というのも、誤解であったとはいえ、夢里という女ごは周囲《まわり》の者に恰《あたか》も巳之吉がなつめの父親《ておや》であるかのような物言いをしていたのである。

それなのに、おりきが高田屋に夢里のことを問い合わせたとなったら、更なる誤解を招《まね》くことになり、瞬《また》く間に、あらぬ噂《うわさ》が京の町を駆け抜けるに違いない。

後で判ったことなのだが、なつめが持っていた母夢里、父巳之吉という紙切れは、どうやら、夢里の義母が書いたようである。

巳之吉を夢里の思い人と聞いていた義母が、夢里の死後、何がなんでもなつめを巳之吉に押しつけようと、さも夢里が書いたかのようになつめに持たせたという。

「あの文のことなのだけど、あれは、なつめちゃんのお母さまが書かれたの?」

おりきがそう訊ねると、なつめは首を振った。

「ばっちゃんが書きはった……。この紙を持って品川宿門前町の立場茶屋おりきを訪ね、そこにおまえのお父はんがおらはるから、これからは、お父はんに世話をしてもらいなはれって……」

なつめは口の中でもぞもぞと呟いた。

その言葉を聞き、おりきがまだかすかに抱いていた、巳之吉への疑念が払拭《ふっしょく》された。

が、なつめのためにも、本当のことを解っていなければ……。

そう思い、思い切って、幸右衛門に夢里という芸妓について調べてほしいと文を認めることにしたのである。

おりきは包み隠さずありのままを文に認め、更に、巳之吉を信じているが、なつめのためにも夢里という芸妓がどんな女ごだったのか調べてほしいと書き綴《つづ》った。

巳之吉が板場の片づけを終え、帳場に訪いを入れてきたのは、四ツ（午後十時）過ぎであった。

「今日はお騒がせをしやした」

巳之吉は恐縮《きょうしゅく》したように、頭を下げた。

「謝ることはありません。おまえのせいではないのですもの。おまえにしてみれば、青天の霹靂《へきれき》……。身に覚えのない疑いをかけられたのですものね。けれども、わたくしはあの娘《こ》がおまえを頼ってきたのも、何かの縁と思っていますの。京の吉野屋さまに夢里さんのことで何か判ったことがあれば知らせてほしいと文を認めましたので、いずれ、何か判るでしょうが、わたくしね、あの娘はここに導《みちび》かれて来たのではないかと思いますの。巳之吉にはまだ言っていませんでしたが、貞乃さまの話では、あの娘、京で随分と折檻をされていたようなのですよ」

折檻という言葉に、巳之吉の頬《ほお》が強張《こわば》った。

「それは……」

「背中に幾つもの蚯蚓腫れが出来ていたそうです。恐らく、あの娘を預かっていた夢里さんの義理の母親が折檻したのでしょうね。ですから、あの娘《こ》が巳之吉の元に届けられて、寧ろ、わたくしは安堵していますのよ。これは、神仏が救いの手を差し伸べて下さったのだとね……」

巳之吉にもおりきの言う意味が解ったとみえ、ああ……、と頷く。

「あっしも何ゆえ夢里が自分を父親《てておや》だと言ったのかと、いや、言ったわけではなく、思わせぶりに匂《にお》わせたというのが真実でやすが、それにしても何故？　と考えやした。それで、思い当たったのが、あれは夢里の願望だったのじゃねえかと……。いや、誤解してもらっちゃ困るし、決して思い上がっているわけでもねえんだが、いつだったか、都々井でかなり酩酊《めいてい》した夢里に言い寄られたことがありやしてね……。あっしが一服しようと路地に出たところ、板塀《いたべい》に身体を預け嘔吐《おうと》している夢里が目に入《へえ》ったもんだから、大丈夫《でえじょうぶ》か、と背中を擦《さす》ってやったことがありやしてね。ところが、何を思ったのか、夢里がいきなり撓垂《しなだ》れかかってきやしてね。それどころか、予想だにしないことを囁きやして……」

巳之吉が苦《にが》り切ったように、眉根を寄せる。

どうやら、こなさん（あなた）が好きや、うちの気持を察しておくんなし、とでも言われたのであろう。

「あっしは滅相もねえと相手にしやせんでした。酔《よ》いが言わせてるのに違《ちげ》ェありやせんからね……。その後も、顔を合わせるたびに、夢里はじょなめいたように汐《しお》の目を送ってきやした。あっしは極力《きょくりょく》夢里の視線を避《さ》けるよう努《つと》めやした。というのも、あっしには酔っ払いに大怪我をさせて人足寄場《にんそくよせば》送りとなった、ふる瀬の親方がいやしたからね。親方が労役《ろうえき》を終えて御赦免《ごしゃめん》となった暁《あかつき》には、ふる瀬を再興するという夢もありやした……。女ごなんかにかまけていられるわけがありやせん。だから、当初四年の予定だった京での修業を三年で切り上げ江戸に帰《けえ》ることになった折も、夢里のことは微塵芥子ほども念頭にありやせんでした……。夢里からは、あっしが江戸に引き上げると聞いて、一度だけ蕩《た》らし文が届きやした。けど、あっしはそれを読もうともせず、破り捨ててしまいやした。夢里とのことはそれだけでやす。止《まさ》な話、あっしはなつめという娘が現れるまで、夢里という女ごがいたことすら忘れていやした……」

巳之吉は辛そうに顔を顰《しか》めた。

「考えてみれば、あっしは夢里に酷《ひで》ェことをしてたんでやすね。どうせ芸妓の戯《ざ》れ言《ごと》と、歯牙《しが》にもかけなかったんでやすからね……。あれから夢里に何があったのかは知らねえが、なつめにおめえのおとっつァんは巳之吉という男と仄《ほの》めかした夢里の気持を思うと、なんだか切なくて……。だったら、いっそのやけ、俺がおめえのおとっつァんだ、と夢里の嘘に乗ってやろうかとも考えやした。けど、それじゃ、なつめのためにならねえし、何より、あっしにャ、女将さんに嘘が吐けねえ！　それじゃ、あっしがここに来てからの十年はなんだったのか……。あっしは生涯《しようげえ》女将さんを……」

「巳之吉、解っています。解っているから、もう何も言わなくてもよいのです。なつめちゃんはあすなろ園に授《さず》かった娘……。ねっ、そう思おうではありませんか」

おりきが巳之吉の目を瞠める。

巳之吉の目が行灯《あんどん》の灯《ひ》を受け、きらりと光った。

「有難うごぜエやす」

「嫌ですよ。さあ、涙をお拭きなさい」

おりきが胸の間《あわい》から懐紙《かいし》を取り出し、巳之吉に手渡す。

その刹那、巳之吉の言葉が甦った。

「何より、あっしにャ、女将さんに嘘が吐けねえ！　それじゃ、あっしがここに来てからの十年はなんだったのか……。あっしは生涯女将さんを……」

後に続く言葉は解っている。

巳之吉、わたくしもおまえのことがどれだけ大切か……。

言葉にこそ出さなかったが、巳之吉にも、その想いは伝わったはずである。

おりきの目に熱いものがわっと込み上げてきて、気づくと、生温いものがぬるぬると頬を伝っていた。

巳之吉は懐紙を返そうと手を差し出したが、ふと手を止めると、ぐいと、おりきの肩を引き寄せた。

おりきが巳之吉の胸に頰を埋《うず》める。

巳之吉の胸は温かく、ドック、ドックと優《やさ》しい鼓動《こどう》が伝わってきた。

潮騒《しおさい》のようでもあり、それは、紛《まぎ》れもなく生命《いのち》を刻《きざ》む音……。

止め処《ど》もなく、悦びの涙が頰を伝った。

小正月《こしょうがつ》を過ぎ、睦月《むつき》（一月）も二十日を過ぎると、往来のあちこちで、年始の挨拶に用いた扇箱《おうぎばこ》を買い求めて歩く行商人の姿を見かけるようになり、またこの頃になると、人々の関心は早くも初午《はつうま》へと移り、太鼓《たいこ》売りの姿もちらほら……。

「その後、みずきちゃんの具合はいかがですか？」

おりきが茶の仕度をしながら訊ねると、亀蔵は焼網《やきあみ》に載《の》せた豆餅《まめもち》を返そうと伸ばした手を、熱《あち》ィ、と慌てて耳朶《みみたぶ》へと運んだ。

おりきがくくっと肩を揺する。

「なんでェ、その目は……。卑《いや》しい真似《まね》をするもんじゃねえとでも言いたげだな。おう、みずきよのっ……。お陰で、随分とよくなった。そろそろ、あすなろ園に連れて来てもいい頃なんだがよ。あいつ、おさわが傍にいるもんだから、すっかり赤ちゃん返りしちまってよ。あれじゃ、金魚の糞《ふん》といってもいい……。こうめにしてみれば、おさわに少しは板場を助けて貰《す》らいてェんだろうが、みずきがああ傍にへばりついてたんじゃ、いつまた、取り返しのつかねえことになりかねねえだろ？　それで、こうめも助けてくれと言いたくても言えねえってのが現状でよ」

「あら、親分、お餅が膨《ふく》れていますわよ」

おりきが小皿と箸を亀蔵に渡す。

「おっ、済まねえ。豆餅を食うのに、箸なんて要らねえんだがよ……」

　そう言いながらも、亀蔵は先ほどの失敗で懲《こ》りたとみえ、箸で餅を摘《つま》むと皿に移した。

　この豆餅は、見廻り先で亀蔵が貰《もら》ってきたのだが、餅を焼くのに、わざわざ立場茶屋おりきの帳場を選ぶとは……。

　こんなふうに何かにつけ、亀蔵はおりきのご機嫌伺《きげんうかが》いをしなければ気が済まないのだった。

　おりきもそれが解っているから、何も言わない。

　餅を焼きたいと言えば、いそいそと焼網の仕度をしてやるし、小腹《こばら》が空いたと言えば、何か小中飯《こじゆうはん》（おやつ）になりそうなものを用意してやる。

　いってみれば、亀蔵にとっておりきは古女房……。

　おりきにしても、亀蔵を男として意識したことは一度もなく、巳之吉に対してのように胸もときめかないが、やはり、亀蔵はなくてはならない存在で、どこかしら肉親の情を感じるのだった。

　亀蔵がホッホッと豆餅を口にする姿に、おりきは目を細めた。

「親分、そろそろ、みずきちゃんをあすなろ園に連れて来てはどうかしら？　みずきちゃんは肩の火傷跡を気にしているのでしょうが、あすなろ園にはなつめちゃんがいます。不自由な身体ながらも、懸命に他の子供たちに馴染《なじ》もうとしているなつめちゃんの姿を見れば、みずきちゃんの励ましになるのではないかと思います」

おりきが亀蔵の湯呑《ゆのみ》に茶を注《そそ》ぐ。

「済まねえ。餅が喉に詰まりそうだったんで、助かったぜ」

亀蔵がぐびりと茶を呷《あお》り、おりきに目を据える。

「実は、俺もそう考えてたんだよ。いつまでもこのままじゃいけねえもんな。そうけえ、なつめの奴、他の子たちに馴染もうと努めてるのか……。やっぱ、子供は子供同士よな。大人が釈迦力《しゃかりき》になっても出来ねえことを、子供はあっさりとやってのけちまう……」

「貞乃さまの話では、それでも最初《はじめ》はまだどこかしらぎくしゃくしていたそうですの。男の子たちには京言葉が随分と珍しかったようで、当初はからかったりもしたそうですが、なつめちゃんの背中の傷跡を目にしてからというもの、もう何も……。あすなろ園の子供たちは、それぞれに心に疵を持つ者ばかりですからね。子供なりに、他人《ひと》の持つ痛みが解るのでしょう。勇ちゃんなんて、すっかり兄貴気分で、なつめ、なつめって世話を焼きたがり、女ごの子は不文字《ふもじ》のなつめちゃんに字を教えようと躍起《やっき》になって……。そんな子供たちの気持が解るのか、なつめちゃんも少しずつ心を開いてくれるようになりましてね。笑顔も見られるようになったのですよ」

「そりゃ良かった。してみると、みずきも早ェ《はえ》とこ、あすなろ園に戻してやるほうがいいということか……。けどよ、なつめが義理の祖母《ばあ》さんに捨てられたばかりでなく、折檻されてたとはよ……。で、少しは事情が判ったのかよ。おめえ、京の知り合いに調べてくれと文を出したんだろ?」

「それが、まだ返事が来ませんの。定六《じょうろく》(大坂《おおざか》、江戸間を六日で運ぶ飛脚《ひきやく》)で出しましたので、早ければもう返事が届いてもよい頃かと思いますが、それが届かないということは、調べるのに手間取っているということなのでしょう」

「それとも、難儀《なんぎ》なことを背負《しょ》い込まされたと、相手が二の足を踏んでいるってとこか……」

「そんな……。吉野屋さまはそんなお方ではありません!」

「吉野屋? ああ、三吉を京の加賀山《かがやま》なにがしとかいう絵師に引き合わせたという……。そうけえ、あの御仁《ごじん》なら大丈夫《でえじょうぶ》だろうて。まっ、なつめもここに腰を据えることになったことでもあるし、焦るこたァねえ。そのうち、何もかもが判明するだろうて……。けどよ、おい、正直に言いな。なつめが巳之吉の娘かもしれねえと思ったとき、おめえ、生きた空もなかったんじゃねえのか?」

亀蔵はやけに神妙《しんみょう》な顔をして、おりきを瞠めた。

「ええ。親分に隠しても仕方がありませんわ。正な話、わたくし、恐懦を来していましたの。巳之吉が京にいた頃の話ですもの、そんなことがあったとしても不思議はありませんからね。けれども、巳之吉から夢里さんとのことを包み隠さず話してもらい、わたくし、ほんの少しでも疑ってしまったことを恥じてしまいました……。義理堅《ぎりがた》い巳之吉は、恩のある、ふる瀬の親方を救うことで頭が一杯だったのです。親方が労役を終えた暁には、二人して、ふる瀬再興に力を尽《つ》くすことのみを考えていた自分が、女ごに現《うつつ》を抜かすことなどあり得《え》ない、とそう言った巳之吉の言葉に、わたくし、穴があったら入りたい気持になりました。けれども、話を聞いていましたら、どうやら、夢里さんは巳之吉に片惚《かたぼ》れしておられたようなのです。それで、なつめちゃんの父親《てておや》は巳之吉だなんて嘘を……。いいえ、夢里さんが嘘を吐いたというわけではないのですよ。ただ、思わせぶりなことを周囲《まわり》の者に洩《も》らしたものだから、それで、義理のお母さまが巳之吉をなつめちゃんの父親と決めつけた……」

「ヘン、どっちにしたって、巳之吉は罪な男よ！　女ご一人の心を惑《まど》わせたことには違《ちげ》ェねえんだからよ。とすれば、なつめは誰の子なんでェ……。ああ、そうけえ、そのことを吉野屋に調べてくれと頼んだのだな？」

おりきが首を傾げる。

「夢里さんが秘密にしなければならない相手だとすれば、吉野屋さまが探ったところで判らないかもしれませんわね。やはり、わたくしは無理難題なことを依頼してしまったのかもしれません」

「なに、天に口ありといってよ、いずれ、隠し事は暴露《ばれ》るもんでよ。焦ることたァねえ、焦ることたァな……」

「そうですわね。それで、みずきちゃんをいつあすなろ園に？」

「さあて……。今宵にでも、おさわやこうめに話して、早ければ、明日からでも連れて来るさ」

「そうなると、みずきちゃんにとってもよいことだし、こうめさんもおさわさんに板場を手伝ってもらえ、助かりますね。けれども、称名寺《しようみようじ》前の茶店では、よく、おさわさんが高輪《たかなわ》に戻ることを快く許《こころよ》して下さいましたね」

おりきがそう言うと、亀蔵ははンと鼻で嗤《わら》った。

「快く許すはずがねえじゃねえか！　元いた見世《みせ》の家人が怪我をしたので年内休ませてくれと言ったはずなのに、そのまま暇《ひま》をくれとは何事だ、約束が違うじゃねえか、うちじゃ、すっかりおさわを当てにし、昼定食から酒の肴《さかな》まで品書《しながき》を増やしたというのに、責任を取ってくれと穴を捲《まく》りやがってよ！」

亀蔵が鼻の頭に皺《しわ》を寄せ、憎体《にくてい》に言う。

「まあ、それでどうなさったのですか」

「どうもこうもねえや。俺が小石川《こいしかわ》まで脚を伸ばし、こいつを翳《かざ》して、それで終《しめ》ェさ！」

亀蔵が腰から十手を抜き、ポンと掌《てのひら》を叩《たた》いてみせる。

おりきは開いた口が塞《ふさ》がらないといった顔をした。

これでは、ごろん坊となんら変わりがないではないか……。

「おう、おりきさんよ、そんな顔をするなよ。俺もよ、可愛いみずきのためだ、背に腹は替えられなくてよ……。けど、脅《おど》したのはそれだけで、あとは円満に事が運んでよ。茶店の御亭《ごてい》が言ってたぜ。確かに、おさわに抜けられると困るが、おさわはこれまで惣菜《そうざい》を作るだけでなく、店衆《たなし》の指導までしてくれ、やっと、おさわ抜きでもなんとか板場を廻せるようになってきた、それもこれも、おさわのお陰、と頭を下げられてよ。なんと、別れの宴席《えんせき》まで設《もう》けてくれたじゃねえか。へへっ、ちゃっかり、俺まで馳走《ごち》になっちまったんだがよ……」

亀蔵が照れたように肩を竦《すく》める。

では、なんとか、おさわは円満に身を退《ひ》くことが出来たのである。
おりきが思うに、つくづく、おさわという女性は他人《ひと》から信頼される女性なのである。
分々《ぶんぶん》に風は吹くというが、やはり、おさわは八文屋になくてはならない存在……。
表面上の女将はこうめであっても、その実、裏でしっかとおさわが支えている。
それが、おさわの役どころなのであろう。
「お茶を入れ替えましょうね」
「おっ、済まねえ」
京の吉野屋幸右衛門から文が届いたのは、それから一廻りほどしてからのことである。
おりきは逸《はや》る心を抑《おさ》え、下足番の吾平《ごへい》から文を受け取ると、帳場に急いだ。
が、封を開けようとして、やけに文が薄っぺらなのにきやりとした。
夢里のことについての報告ならば、もっと分厚《ぶあつ》くてもよいはずである。

ということは、調べたが無駄で、何も判らなかったということ……。

おりきはがくりと肩から力が抜けていくような想いで、封を開けた。

ところが、文は夢里の報告ではなく、宿泊予約だったのである。

投宿日は二月六日。

なんと、明日ではないか……。

同行者はなく一人でとあり、仔細《しさい》はそちらにて、と見事といってよいほど簡単な文だった。

では、幸右衛門は夢里について判ったことを文に認めるのではなく、直接ここに来て話そうというのであろうか……。

それとも、年末逗留《とうりゅう》した際、幸右衛門は年が明けてまた来ると言っていたので、此度の投泊はそのためで、夢里とは関係がないということなのだろうか……。

いずれにしても、これでは何も判らない。

おりきは巳之吉を帳場に呼ぶと、吉野屋の来訪を知らせた。

「解りやした。吉野屋さまにはひと足早《はえ》ェ春の膳をご用意いたしやしょう」

巳之吉はそう言っただけで、幸右衛門が夢里のことで何か知らせてきたのかと訊かなかった。

気にならなくはないだろうに、いかにも巳之吉らしい。

一夜明け、魚河岸から帰った巳之吉は、少し早《はえ》ェようですがと前置き、夕餉《ゆうげ》膳《ぜん》の打ち合わせにやって来た。

巳之吉が懐からお品書を取り出すと、説明を始める。

「まずは先付《さきづけ》でやすが……。これは春らしく、摘《つ》み草籠《くさかご》を用意しやした」

そう言い、手つきの竹籠《たけかご》の絵を指差す。

籠の中には、恰も野山に出て野草を摘《つ》んだかのように、木の葉の上に鯖寿司《さばずし》、こごみの味噌漬《みそづけ》、川海老《かわえび》唐揚《からあげ》、片栗梅肉《かたくりばいにく》よごし、根曲《ねま》がり竹の木《き》の芽焼《めやき》、楤《たら》の芽《め》お浸し、蕗《ふき》の薹《とう》の白和《しらあ》え、鯛《たい》の子含め煮《に》……。

「続いて、八寸《はっすん》でやすが、これは竹の皮を器《うつわ》に、小鉢に容《い》れた筍《たけのこ》の木の芽和えと、車海老《くるまえび》、穴子《あなご》の八幡巻《やわたまき》、鶉卵《うずらたまご》の串刺《くしざ》し、それに、空豆《そらまめ》の塩茹《しおゆ》で、鮟鱇《あんこう》の肝《きも》の煮凍《にこご》りを盛りつけ、梅の枝を飾りに添《そ》えやす」

成程《なるほど》、ここまでは実に春らしい。

そうして、椀物《わんもの》、造《つく》り、焼物《やきもの》、酢物《すのもの》、炊《た》き合わせ、留椀《とめわん》へと続き、最後がご飯《はん》ものとなる。

驚いたのは造りであった。

通常、造りには魚介《ぎょかい》を持っていくところだが、なんと、朝堀《あさぼり》筍《たけのこ》造りを配しているではないか……。

土深く眠っている若竹《わかたけ》を掘り出し、さっと湯がいて刺身《さしみ》の要領で食す。若竹だからアクもなく、口当たりが優しく、ほのかに甘《あま》い香りがする。

「吉野屋さまは京のお人なので、筍はさほど珍しくもねえかと思いやしたが、今の期に食すからこそ若竹で、同じことなら、刺身で食してもらいてェと思いやして……」

「そうか、造りが魚介でねえぶん、その物足《ものた》りなさを補《おぎな》う意味で、焼物に鯛頭《たいがしら》の山椒《さんしょう》焼《やき》、炊き合わせに貝合《かいあ》わせ炊き合わせを持ってきたんだな？　で、この貝合わせ炊き合わせってェのは……。確か、巳之吉の会席でも初めてだと思うが……」

達吉が訝しそうな顔をする。

「これは京に古くから伝わるおばんざいに手を加えたもので、備州巻《びしゅうまき》といいやす。京は海から離れていやすんで、僅《わず》かな魚介で野菜を美味しく調理する工夫《くふう》をしやす。今宵は水で戻した干《ほ》し貝柱《かいばしら》を大根《だいこん》の桂剝《かつらむ》きで巻き、竹の皮紐《かわひも》で固く結んで、出汁と調味料で煮付けやす。それに、蛤《はまぐり》に卵黄《らんおう》を絡めて油で揚《あ》げたものと菜の花のお浸しを添えて器に盛りつけやす。大根に貝柱の味が染《し》み込み、これは掛け値なしに絶品！　吉野屋さまは京で食べられたことがあるかと思いやすが、是非《ぜひ》、あっしの味も試《ため》してもらいてェと思いやして……」

どうやら、今宵の吉野屋の膳は、多分に、京を意識しているようである。

というのも、酢物がこれまた筍の酢物……。

ごく薄い短冊切《たんざくぎ》りにした筍に下味《したあじ》をつけ、糸目《いとめ》昆布《こんぶ》、おご海苔《のり》、解《ほぐ》した数の子と一緒に土佐酢《とさず》で和えたものだが、鯛頭の山椒焼、貝合わせ炊き合わせと、濃いめの味つけが続いたあとでは、口直《くちなお》しとして最適である。

そうして、仕上げが筍ご飯に浅蜊《あさり》の味噌仕立て椀……。

最初《はじめ》の椀物が伊勢海老《いせえび》の葛《くずう》打ちだったので、これまた変化がある。

そして、甘味《かんみ》が道明寺仕様《どうみようじよう》の桜餅《さくらもち》であった。

「いかがでしょう」

巳之吉がおりきを瞠める。

「ええ、これでよいと思います。京を意識した献立《こんだて》で、吉野屋さまもさぞやお悦びになることでしょう」

巳之吉は一旦板場へと下がって行った。

「巳之吉の奴、内心は穏《おだ》やかじゃねえだろうに、あいつ、噯《おくび》にも出しやせんでしたね」

達吉が板場のほうを見やり、呟く。

「それはそうですよ。巳之吉には疚《やま》しいところが何ひとつないのですもの……」

「さいですね」

吉野屋幸右衛門がやって来たのは、七ツ半（午後五時）頃であった。

幸右衛門の今宵の部屋は浜千鳥《はまちどり》である。

おりきが客室の挨拶に廻り、最後に浜千鳥の間に上がると、幸右衛門は先付と八寸を食べ終え、若竹の造りに箸をつけようとしたところだった。

給仕を務めていたおみのが、おりきに目まじすると、部屋を出て行く。

「ようこそお越し下さいました」

おりきが深々と辞儀をすると、幸右衛門が手招きをする。

「挨拶など、抜き、抜き……。女将、おまえさんが来るのを待っていたんだからよ。実はね、おまえさんから文を貰って、すぐにでも返事をしなくちゃならなかったんだが、先《せん》にも話したように、年明けに江戸を訪ねることになっていたもんだから、文を書くより直接話したほうが早いだろうと思ってさ……」

「そうでしたか……。それで、何か判りまして？」

「ああ、判ったとも！　いえね、あたしも夢里という芸妓のことは、何度か座敷に呼んだことがあり知っていましてね。ところが、夢里は実に謎《なぞ》めいた女ごでよ。駒井《こまい》という置屋にいたんだが、旦那らしき旦那がついたふうにも見えず、とにかく鼻っ柱《ぱしら》の強い女ごで、浮いた話も流れてこなかった。ところが、その女ごが巳之吉が父親《てておや》だといって、娘を品川宿まで送りつけたというではないか……。そんな莫迦《ばか》な！　あたしは京での巳之吉を知っていますからね。あの男に限って、修業の身で女ごに現を抜かすはずがない。それで、早速、調べてみましたよ」

幸右衛門はおりきの目を瞠め、頷いてみせた。

「安心なさい。巳之吉は片惚れされていただけで、なつめという娘とは関係がなかったよ。実はね、夢里は舞《まい》においては右に出る者がいないと評され、みだりに男に転ばないことでも有名だった。ところが、難点を挙《あ》げれば、酒にだらしないということでよ。それでも、日頃は、飲んでも人前で醜態《しゅうたい》をさらすことはなかったんだが、巳之吉が京を離れると聞いてからが手に負《お》えなくてよ。毎晩のように、やけ酒を飲んでは前後不覚《ぜんごふかく》となっていたそうでよ。あるとき、そんな状態で行《ゆ》きずりの男に出逢茶屋《であいぢゃや》に連れ込まれたというのだが、夢里本人は朝になって犯《おか》されたことを知った始末でよ……。自業自得《じごうじとく》とはいえ、どこに向けて文句を言えばいいのか、それすら判らない。お腹に赤児《やや》がいると気づいたのも、置屋の女将に指摘されてからだというからよ。堕胎《だたい》しようにも、もうその時期は過ぎている。置屋の女将にこっぴどく叱《しか》りつけられたところで、後の祭り……。夢里は幼い頃里子に貰われていった実家《さと》で娘を産み、再び、花街に戻った。生まれた娘はそのまま養母の元に預けられたのだが、この養母というのが一筋縄《ひとすじなわ》ではいかない女ごでよ。あれでも最初《はじめ》のうちはなつめが女ごの子なものだから、年頃になれば金に換わると思っていたんだろうが、一歳になるやならない頃、自分の不注意で荷馬車から落とし、なつめの脚を不自由にしてしまった……。そうなると、大切に育てたところで、金にはならない。それからというもの、なつめが邪魔で仕方がなくなったのだろう、犬猫並みの扱いをしたかと思うと、言うことを聞かないといっては殴《なぐ》るの蹴《け》るの……。おまけに、金蔓《かねづる》だった夢里が病を得て実家《さと》に戻されたものだから堪らない……。それでも、夢里が病の床にいる間は、これまでさんざっぱら夢里に金の世話になってきたもんだから辛抱《しんぼう》していたが、夢里が死んでからは、もう義理はないとばかりに、なつめを追い出そうと画策《かくさく》した……。と、まあ、ここまでの話は解っただろう?」

幸右衛門は苦々《にがにが》しそうにそう言うと、盃《さかずき》を手にした。

おりきが銚子《ちょうし》を手に、酌《しゃく》をする。

「それで、なつめちゃんを父親《てておや》の元に返すという理由をつけ、この品川宿に……」

「ああ、そういうことよ。どうやら、夢里は自分を犯した男の名や顔を憶《おぼ》えていなかったようでよ。つまり、誰の子だか判らない子を孕《はら》んでしまったってわけでよ。それで、置屋の女将や養母から誰の子かと問い詰められるうちに、巳之吉の子ならよかったのにという思いが強くなったのだろうて……。周囲《まわり》の者にも、はっきりと巳之吉が父親《てておや》と言ったわけではないのだが、それとなく仄めかせているうちに、本人もその気になってきたんだろうな。それで、夢里亡き後、養母が都々井に乗り込み、立場茶屋おりきに巳之吉がいることを聞き出した。あとは、おまえさんも知っての通り……。まっ、言ってみれば、巳之吉は被害者だ。とんだ濡《ぬ》れ衣《ぎぬ》を着せられたんだからよ」

「そうだったのですか……。けれども、考えてみれば、一番可哀相なのはなつめちゃんですわ。なつめちゃんにはなんら非があるわけでもないのに、生まれ落ちたそのときから、邪魔者扱いにされてきたのですものね。脚だって、夢里さんの養母の失態で不自由となったのですもの……。すぐに医者に診《み》せていれば治ったかもしれないものを……。そう考えるとあの娘《こ》が不憫《ふびん》でなりません」

「だが、なつめはあすなろ園で引き取ることにしたんだろ？　それで良かったのだよ。ここに来れば、おりきさん、おまえさんがいる……。それに、父親《てておや》ではないにしても、巳之吉もいるのだし、同じ年頃の子供たちもいる。あたしはね、寧ろ、これで良かったのだと思っていますよ」

「本当に、わたくしもそう思います。つい先日も、巳之吉とそう話したばかりなのですよ。けれども、実の父親《ておや》が他にいるのであれば、なつめちゃんのためにも、真実を質《ただ》さなくてはなりません。それで、吉野屋さまの手を煩《わずら》わせることになってしまったのですが、実の父親が誰なのか判らないと知ったからには、もう、あの娘《こ》はあすなろ園の子供です。これで、誰に憚《はばか》ることなく、思いっ切り可愛がってやれますわ」

「ああ、そういうことだ。けどよ、考えてみれば、夢里という女ごも不憫よのっ。誰の子だか判らない子を孕み、これが巳之吉の娘《こ》であったらと思い続けていたというのだからよ」

「吉野屋さま、なつめちゃんは巳之吉の娘であり、私の娘なのです。それでよいではありませんか」

「よく言った、女将！　及ばずながら、あたしもあすなろ園の援助をさせてもらいますよ。おまえさんが駄目だと言っても、あたしはそうさせてもらいますからね。いいですね？」

幸右衛門が悪戯《いたずら》っぽく片目を瞑ってみせる。

そこに、鯛頭の山椒焼が運ばれて来た。

おりきは幸右衛門に会釈して、浜千鳥の間を後にした。

そうして、一階に下りてみると、玄関の硝子戸越《がらすどご》しに淡雪《あわゆき》が舞っているのが目に留まった。

おりきは土間に下りると、硝子戸越しに淡雪の舞う中庭へと目をやった。

遠くまでは見えないが、軒行灯《のきあんどん》の灯に吸い込まれるようにして消えていく、淡雪……。

儚《はかな》くも、美しい春の雪である。

あわあわと舞っては消えていく淡雪、綿雪《わたゆき》、哀《あわ》れ雪……。

何故かしら、おりきには今宵は哀れ雪が一番相応《ふさわ》しいように思えた。

妻恋

立場《たてば》茶屋《ぢゃや》おりきの中庭は、今まさに花盛りである。

梅はもう終わったが、高い位置に目をやると、連翹《れんぎょう》、沈丁花《じんちょうげ》、木瓜《ぼけ》、木蓮《もくれん》、白木蓮《はくもくれん》が花をつけ、地面近くに視線を落とすと、貝母《ばいも》、野路菫《のじすみれ》、匂立坪菫《においたちつぼすみれ》が……。

「今年も見事に咲きやしたね」

多摩《たま》の花売り喜市《きいち》は木蓮を見上げ、目を細めた。

「これだけ咲けば、今の季節、立場茶屋おりきに花はもう要《い》らねえかと思ったら、そうは虎《とら》の皮……。へっ、今日も女将《おかみ》さんが好きそうな花を見繕《みつくろ》って持って来やしたぜ！」

喜市は背中から髭籠《ひげかご》を下ろすと、雪柳《ゆきやなぎ》、枝垂《しだ》れ柳、幣辛夷《しでこぶし》、木五倍子《きぶし》といった枝ものを取り出した。

おりきとは永年《ながねん》の付き合いとなる喜市には、現在《いま》何が求められているのか言わずと知れたこと……。

長く枝垂れた枝ものが多いのは、恐らく、茶屋の信楽《しがらき》の大壺《おおつぼ》にと思ってのことであろう。

「まあ、木五倍子があるのですね！　それに、幣辛夷も……」

案の定、おりきが嬉《うれ》しそうな顔をする。

淡黄色《たんおうしょく》の小さな花を房状《ふさじょう》に下垂《かすい》してつける木五倍子の実は、五倍子《ふし》（ヌルデの若葉に生じる虫癭《ちゅうえい》でタンニンを含む）の代用としてお歯黒《はぐろ》の染料に用いられるが、色こそ違え、花はどこかしら山藤《やまふじ》を想《おも》わせた。

「へえ。こちらに白木蓮があるのを知っていやしたが、辛夷とはまた違いやすからね。それに、女将さんは庭木の枝を伐《き》るのをお嫌《きら》いになると聞いてやしたんで……」

喜市が横目にちらとおりきを窺《うかが》う。

「いえ、どうしても必要なときには伐りますのよ」

おりきはそう答えたが、鳩尾《みぞおち》の辺りにちかりと痛みが走るのを感じた。

その実、客室の花入れがどこかしら寂《さみ》しく思えるときなど、茶室脇の侘助《わびすけ》に鋏《はさみ》を入れるのだが、その度《たび》に、ごめんよ、堪忍《かんにん》しておくれ、と心の中で手を合わせ、鋏を入れるのだった。

考えてみれば、笑止《しょうし》なことである。

庭木は、年中三界《ねんじゅうさんがい》、花を必要とする旅籠《はたご》の客室や茶屋の大壺のために、亡くなった善助《ぜんすけ》が植えてくれたものなのに、おりきは相も変わらず、喜市から草花を求めているのであるから……。

が、おりきには、手ずから庭木に鋏を入れることは、自《みずか》らの身体《からだ》を切り刻《きざ》むにも等しく思えるのだった。

いつだったか、おりきが木々に鋏を入れると悲鳴が聞こえるような気がすると言ったら、善助は呆《あき》れ返り、開いた口が塞《ふさ》がらないといった顔をした。

善助にしてみれば、せっかくおりきのために植えてやったのに、という想いが強かったのであろう。

が、善助は非難がましいことは言わなかった。

それどころか、その後も丹精《たんせい》を込めて、庭の手入れを続けてくれたのである。

野路菫《しばら》や匂立坪菫は、可憐《かれん》な小さな花を好むおりきのために植えてくれたものであり、暫くすると、二輪草《にりんそう》、射干《しゃが》、山瑠璃草《やまるりそう》なども花をつけるであろう。

いってみれば、この庭は善助が創《つく》り上げた庭……。

そう思うと尚《なお》さら、おりきには中庭の草木を手折《たお》ることが出来ないのだった。

「それで、今日の取って置きは、ほれ！」

喜市は腰にぶら下げただん袋から、梅花黄蓮《ばいかおうれん》を二輪取り出した。

「まあ……。もう咲いていましたか！」

おりきが目を輝かせる。

「おえんがこいつの咲いてる穴場《あなば》を知ってやしてね。今朝、山に登って採《と》って来てくれやした……。あいつ、女将さんがこの花を好きなのを知っているもんだから、四、五日前《めえ》から、そろそろ咲いてもいい頃だなんて言ってやしたからね」

「まあ、おえんさんが……。おえんさん、産後だというのに、もう山に？」

「いや、まんだ赤児《やや》から手が放せねえもんで、草花の採取はもっぱら亭主がやってやす。ところが、亭主は梅花黄蓮が自生する場所を知らねえときた……。それで、おえんの奴、口で説明するよりてめえが登ったほうが早ェ《はえ》と思ったのか、赤児が眠っている隙《すき》を縫《ぬ》い、山に登ったんでやすよ」

「まあ、そうだったのですか……」

おりきの胸が熱いもので一杯になる。

この二輪のために、わざわざ産後の身体を押して、おえんは山に登ってくれたのである。

「赤ちゃん、確か、女《おな》ごの子でしたわよね？　現在《いま》はふた月かしら？　まだ片時も目が離せないときだというのに、それは無理をさせてしまいましたね。わたくしが感謝していたと伝えて下さいませ。けれども、喜市さんには初孫ですもの、さぞや可愛《かわい》くて堪《たま》らないのではありませんか？　お名前はなんと……」

「へい。しずかといいやす。いえね、おえんがあっしに名をつけてくれというもんだから、男の子なら、百姓に相応《ふさわ》しく、耕一《こういち》とつけるつもりでやしたが、女ごだったもんで……。ところが、ふっと女将さんの面影《おもかげ》が目の前を過《よ》ぎりやしてね。それで、女将さんの好きな花の名をつけようと思って……。けど、女将さんが好きな花は鷺草《さぎそう》だの空木《うつぎ》だのといった花が多く、なかなか人の名前《なめえ》に相応しい名が思いつかず、それで、一人静《ひとりしずか》、二人静《ふたりしずか》から、しずか、という名前《なめえ》をつけやした……」

喜市が照れ臭そうに、鼻の頭を掻《か》く。

「しずか……。良い名前ではないですか」

「へっ、母親のおえんがとんだじゃじゃ馬なもんだから、おっかさんには似るな、立場茶屋おりきの女将さんのような女ごになるんだぞって意味を込めやしてね。といっても、所詮《しょせん》、百姓の娘だ……。高望《たかのぞ》みしたってしょうがねえんでやすがね。けど、名前《めえ》が良かったんでしょうかね？　しずかはおえんの娘とは思えねえほど、めんこい顔をしてやしてね。へへっ、爺莫迦《じじばか》なんだろうが、可愛くって堪らねえ……」

喜市がでれりと目尻を下げる。

おりきも思わず目を細めた。

結句、この日は枝ものの他に、梅花黄蓮、春竜胆《はるりんどう》、甘菜《あまな》を求め、喜市は花代の他に、梅花黄蓮の礼としずかへの祝いを込めて、おりきが包んでやった祝儀《しゅうぎ》を懐《ふところ》に、ほくほく顔で戻って行った。

そうして、茶屋の大壺に花を活《い》けようと、手桶《ておけ》に枝垂れ柳や雪柳を浸《ひた》していると、気配を察して、茶屋から茶立女《ちゃたておんな》のおまきが助っ人《すけと》にやって来た。

おまきはおりきの手にした梅花黄蓮を見て、目を輝かせた。

「まっ、なんて可憐な！　それは、なんて花なんですか？」

「梅花黄蓮ですよ。ほら、梅の花を想わせるでしょう？」

「ああ、それで、梅花と……。でも、これは信楽の大壺に活けるわけにはいきませんね」

「ええ。これは客室の掛け花入れにでもと思っています。大壺には雪柳と枝垂れ柳、根付《ねづ》けに幣辛夷をね……。そうだわ、おまき、今日はおまえが活けてみますか？」

「えっ、いいんですか！」

「構いませんよ。思い切って、やってみるといいですよ」

「わっ、どうしよう……。あたし、胸がどきどきしてきちゃった！」

そう言いながらも、おまきは腰を落とし、早速《さっそく》、枝振りの品定《しなさだ》めをしている。

その真剣な眼差《まなざ》しを瞠《みつ》め、おりきは頰《ほお》を弛《ゆる》めた。

此《こ》の中《じゅう》、やっと、おまきの腰が据《す》わってきたように思える。

それまでは、茶立女の仕事は難なく熟《こな》していても、どこかしら、このまま茶立女を続けていくことへの覚悟が出来ていないように思えた。

常に、自分の居場所を探し求めているようなところが見受けられたのである。

それが、少し前の流行風邪《はやりかぜ》騒動の頃より、病《やまい》に倒れたおなみの看病を続けているうちに、おまきにも立場茶屋おりきの一員であるという自覚がしっかと根づいてきたようなのである。

というのも、現在《いま》のおまきは積極的に茶立女たちの会話に加わり、ときには、軽口《かるくち》を叩《たた》いて皆を笑わせるようにもなっている。

これまでのおまきには、自分は他の女ごたちとは違う、いつの日にか、縁《えにし》の糸で結ばれた男に巡《めぐ》り逢《あ》い、あるべき場所へと突き進んでいく……、との想いから茶立女を通過点の一つとしてしか考えていないような節《ふし》が見受けられ、それが、おまきを浮いた存在に思わせていたのだが、現在《いま》のおまきにはもうそれがない。

しっかと、地に脚《あし》をつけて、茶立女に生き甲斐《がい》を見出《みいだ》しているのである。

が、そのとき、おりきの脳裡《のうり》にふと迷いが駆け抜けた。

現在《いま》のおまきに、仲人嬶《なこうどかか》のおつやが持って来た話を切り出してもよいものかどうか……。

「女将さん、雪柳と枝垂れ柳の配分はこれでどうでしょう？　あまり雪柳の量が多いと、根付けの幣辛夷が引き立ちませんものね？」

おまきがおりきを見上げる。

おりきはハッとおまきに目を戻した。

「そうですね。主役は幣辛夷ですもの、雪柳と枝垂れ柳は飽《あ》くまでも脇役と思ってよいでしょう」

と微笑《ほほえ》みかけた。

その瞬間、やはり、話さなければ、と思った。

おつやが持って来た縁談がよい話かどうか、おまきにその気があるかどうかは、おまき自身が決めること……。

「では、大壺はおまきに委《まか》せましたよ。わたくしは旅籠の客室に……。ああ、それから、手が空《す》いたときでよいので、帳場まで顔を出してくれませんか？」

おまきは大壺は委せると言われ、狼狽《うろた》えた。

「ええェ、女将さんが傍《そば》で見ていて下さるのじゃ……」

「わたくしが傍にいると、おまえが畏縮《いしゆく》してしまってもいけませんのでね。今日は、おまきが思うように活けてみることです。では、後ほどね！」

そう言うと、おまきは肩を竦《すく》めてみせた。

どこかしら、ほっとしたような顔をしている。

やはり、おりきが傍にいると緊張するということなのであろう。


仲人嬶のおつやが立場茶屋おりきにやって来たのは、昨日のことだった。

仲人嬶とは、縁談を持ち込み、見合いから婚礼までの段取りをつけて礼金を取る、つまり、仲人を商《あきな》いとする女ごのことである。

立場茶屋おりきでは、このおつやの世話で、もう何人もの茶立女や旅籠の女中を嫁《とつ》がせてきた。

というのも、おつやは先代おりきの頃より立場茶屋おりきと付き合いがあり、おつやが世話をした縁談には外《はず》れがなく、他の仲人嬶のように、法外な礼金を受け取らない。

　ごく稀《まれ》に、おくめのように姑去《しゅうとざ》りされて出戻ることはあるのだが、これはおくめの亭主が亡くなった後のことで、子宝に恵まれなかったおくめは、運が悪かったとしかいいようがなかった。

　ところが、おつやの口にかかれば、おくめは運がよいということになるのである。

「屋根葺《やねふ》き職人の亭主が屋根から落ちて急死したのは運が悪かったとしかいいようがないが、亭主の死後、姑去りされたのは運がよいと思わなくっちゃ……。だってさ、子がいるのなら亭主の死後も嫁ぎ先に残り、姑《しゅうとめ》の世話までしなくちゃなんないが、あの婆《ばあ》さん、業突《ごうつ》く婆《ばばあ》で通ってるからさ！　口煩《くちうるさ》いうえに、吝《しわ》ん坊《ぼう》（吝嗇《けち》）……。大方、嫁のおくめに身代《しんだい》を乗っ取られては堪らないとばかりに、三行半《みくだりはん》を叩きつけたんだろうが、はン、上等じゃないか！　あたしに言わせれば、乗っ取るほどの身代かってェのさ。あのままあそこにいて、先々《さきざき》、婆さんの老後の世話をしなくちゃなんないくらいなら、寧《むし》ろ、おまえのほうから三行半を叩きつけてやったっていいくらいでさ。せいせいしたじゃないか！　これで心機一転、おまえさんは一から出直せるんだ。目《め》出度《でた》し、目出度し！」

　と、こんな具合に、なんともあっさりとしたものだった。

だが、おつやの言葉は、実に正鵠《せいこく》を射《い》ていた。

再び、茶立女に戻ったおくめは、水を得た魚《うお》のように、活き活きと立ち働き、茶屋に舞い戻って来たばかりの頃に比べると、二、三歳は若返ったように思えるのだった。

おつやの口癖《くちぐせ》は、あたしは十分一《じゅうぶいち》なんて法外な礼金は取らない、持参金が仕度《したく》できない庶民のために、ほんの心付け程度で、嫁の欲しい男と嫁に行きたい女ごをくっつける、というものであった。

通常、仲人嬶は縁談が纏《まと》まれば持参金の十分の一を礼金として取り、女ごたちは礼金欲しさに弁舌爽《べんぜつさわ》やかに縁結びに精を出すのである。

十分一取るにおろかな舌はなし

仲人は小姑《こじゅうとめ》一人殺すなり

そう川柳《せんりゅう》に面白《おもしろ》おかしく詠《よ》まれているように、仲人は縁談を纏めるために白を黒と言い、平気で小姑を殺してみせるのだった。

ところが、おつやは仲人口《なこうどぐち》というものを叩かない。

相手に欠点や問題点があれば、前もってちゃんと説明し、双方《そうほう》に納得させたうえで見合いをさせるのである。

おくめの場合も、最初《はじめ》に、相手の男は腕のよい屋根葺き職人で、周囲《まわり》の者にも人望が篤《あつ》く、心根《こころね》の優《やさ》しい勤勉な男だ、但し、姑というのが情の張った女ごで、爪長《つめなが》（吝嗇）と評されているが、そこに目を瞑《つぶ》りさえすれば、食うに事欠くことはなく、あの亭主がついていれば姑の横槍《よこやり》など屁《へ》の河童《かっぱ》……、とそんなふうに説明し、決して、万《まん》八《ぱち》（嘘《うそ》）を言ったわけではなかった。

それでも、おくめが久米三《くめぞう》という屋根葺き職人を亭主に選んだのは、偏《ひとえ》に、久米三が男伊達《おとこだて》な男であったからであり、その実、おくめは久米三が亡くなるまで、姑の悪《あく》態《たい》を柳に風と吹き流してきたのである。

そんなおつやが久々に持って来た縁談であるから、おりきは期待に胸を膨《ふく》らませた。

ところが、おつやは開口一番こう言ったのである。

「最初《はじめ》に言っておくが、相手の男は位牌師《いはいし》でさ。歳《とし》は四十三……。位牌師としてはほどの腕を持つ居職《いじょく》なんだが、どういうわけか、女房運が悪くてさ。最初の女房には労咳《ろうがい》で死なれ、二番目の女房も流行風邪で……。しかも、三番目の女房には逃げられちまってさ。女房を持つ度《たび》に子が増えるもんだから、十歳を頭《かしら》に、八歳、五歳、二歳と四人の子持ちで、春《はる》さんは男手《おとこで》ひとつで悲鳴を上げてる始末でさ。三番目の女房は男を作って逃げたというが、自ら腹を痛めた子まで捨てたんだから酷《ひど》いもんさ！　あたしゃ、見てると切《せつ》なくてさ……。その男《ひと》、春次《はるじ》というんだが、男鰥《おとこやもめ》が二歳の子を背中に括《くく》りつけ、上の子たちをどしめきながら、子らを食わせるために懸命《けんめい》に位牌作りに励《はげ》んでいるんだからさ。あたしとしても放っておけないじゃないか……。だから、此度《このたび》だけは銭金《ぜにかね》じゃないんだよ。あの男のために、ひと肌脱《ぬ》ぎたくなっちまってさ……。そんなわけだから、あの男に世話をする女ごは心根が優しく、子供好きでなくちゃならない……。といっても、当世、手前勝手《てまえがって》な女ごが増えちまってさ。身を挺《てい》してでも、男に尽《つ》くそうなんて女ごは、そうざらにいるもんじゃない……。そこで、立場茶屋おりきのことがふと頭を過ぎったってわけでさ。ここの女ごたちなら、女将さんの躾《しつけ》が行《ゆ》き届いているからさ。何より、他人を労《いたわ》り、弱き者に手を差し伸べようとする心を持っている……。なに、金に不自由するようなことはないんだよ。春次という男には食うに事欠かないだけの稼《かせ》ぎがあるからさ。たださァ、難点といえば、腕の良い職人だけに口重《くちおも》でさ……。女ごを悦《よろこ》ばせるようなことは何ひとつ言えない。それで、三番目の女房は他の男へと走ったんだろうが、春さんは根は悪い男《ひし》じゃないんだよ。ねっ、女将さん、あたしが今言ったことを鑑《かんが》みて、この女ごならという女ごはいないものかね？」

おつやはそう言い、おりきの腹を探《さぐ》るかのように、睨《ね》めつけた。

「…………」

おりきは返答に窮《きゅう》した。

腹違いの子が四人もいて、おまけに、末の子はまだ二歳……。

やっと、乳から離れたばかりというのである。

しかも、春次という男は、仕事は出来ても口重ときた。

いかにも職人にありそうな、絵に描《か》いたような男ではないか……。

そんな男の元に嫁いでも、生《な》さぬ仲の子を育てるのに追われ、女ごの幸せなど到底望めはしないだろう。

「やっぱ、無理かね？」

おつやは気を兼ねたように、おりきを窺った。

「無理というより、お話を聞いていて、一体誰が見合うかと……」

おりきが戸惑《とまど》ったように言うと、おつやは何か思いついたようで、ハッと顔を上げた。

「旅籠の女中に、おみのって女ごがいただろ？　確か、三十路《みそじ》を過ぎていたと思うが、そろそろ嫁に出さなきゃ薹《とう》が立ち過ぎちまって、それこそ、嫁の貰《もら》い手がなくなるのじゃないかえ? しかも、そこまで歳が行くと、初婚の男を望むのは、まず以《もっ》て無理というもの……。ねっ、よい話だと思わないかえ?」

おつやが縋《すが》るような目で、おりきを見る。

おりきは慌てた。

「お待ち下さいませ。確かに、歳の頃からいいますと、おみのは春次という方に見合っているかと思います。ですが、おみのにはまだ嫁に行けない事情がありまして……」

「事情とは?」

「…………」

おりきは言葉に詰まった。

おみのには三宅島《みやけじま》に遠島《えんとう》となった兄がおり、いずれ御赦免《ごしゃめん》となった暁《あかつき》には、自分が見請人《みうけにん》にならなくてはと、これまで縁談には一切《いっさい》耳を傾《かたむ》けようとしなかったのである。

そのことを、おつやに話してもよいものかどうか……。

が、この際、おつやには本当のことを話しておいたほうがよいかもしれない。

おりきは意を決すと、おみのの兄才造《さいぞう》が若い頃ごろん坊の仲間と連《つる》んで押し込み一味の見張り役を務《つと》め、火付盗賊改方《ひつけとうぞくあらためがた》の手にかかって三宅島に遠島になったのだと話した。

　おつやは神妙《しんみよう》な顔をして聞いていたが、それで納得したといったふうに、仕こなし顔に頷《うなず》いた。

「成程《なるほど》ね。それで、これまであたしが縁談を次々に持ち込んでも、おまえさん、おみのを推挙《すいきよ》しなかったんだね？」

「いえ、わたくしがおみのの兄のことを知ったのはつい最近のことで、それまで、おみのは何も話そうとしてくれませんでしたの。ただ、嫁に行くのは嫌《いや》だと言うばかりで……。それで、わたくしも何か事情があるのではと案じていたのですが、やっと、本当のことを話してくれましてね。わたくしはおみのの気持を尊重してやりたいと思います」

「何言ってんだよ！　おみのにそんな事情があるからこそ、尚さら、この縁談はおみの向きなんだよ。春さんだって、嫁取りは此度で四度目……。しかも、四人の瘤《こぶ》つきなんだもの、嫁に来てやるという女ごに文句のつけようがない！　だから、おみのの事情を知ったところで、寧ろ、これで自分も肩身《かたみ》の狭《せま》い想いをしなくて済むと、安堵《あんど》するに違いないさ」

　おりきはますます狼狽えた。

どうやら、おつやはおみのが兄のことを退《ひ》け目に思い、それで、縁談を断っていると思っているようなのである。

「いえ、そういう意味ではないのですよ。おみのは才造さんが御赦免の際は、身請人として力になりたいと思っているのです、おみのはそういう女ごなのですよ。わたくしもおみのの気持を知ってからというもの、陰ながら応援してやるつもりでいます。ですから、おみののことはもう……」

おつやは明らかに失望の色を見せた。

「じゃ、他に誰かいないかね……。何も、水気《みずけ》のある二十歳《はたち》前後の若い娘をといってるんじゃないんだ。そうだね、多少、臑《すね》に疵《きず》を持つ女ごのほうがいいかもしれないね。魚心《うおごころ》あれば水心《みずごころ》……。互いに痛みの解《わか》り合える者同士、案外、甘《うま》くいくかもしれないからさ」

おつやの言葉に、おりきはハッとした。

おまきの顔が眼窩《がんか》を掠《かす》めたのである。

「まったくいないこともないのですがね……」

おりきは名前は出さなかったが、こんな身の有りつきをしてきた茶立女がいるのだが、とおまきの身の上を話した。

おつやの顔が輝いた。

「女将さん、その女ごだよ！　まさに打ってつけじゃないか。だって、その女ごは自分を必要としてくれる男が現れるのを待っているんだろ？　他人《ひと》に、いや、男に尽くすことを使命《しめい》として生まれてきた女ご……。これぞ、春さんに相応しい相手じゃないか！」

「お待ち下さい。おまきにその気があるかどうか……」

「おまきっていうんだね、その女ご……。いいから、女将さん、おまきにその気があるかどうか、それだけでもいいから訊《き》いて下さいな」

おつやは手を合わせた。

「…………」

「ねっ、ねっ、後生一生《ごしょういっしょう》のお願いだ！　訊くだけでいいんだからさ。仮に、嫌そうな顔をしたり、尻込《しりご》みをするようだったら、そのときはきっぱりと諦《あきら》めるからさ……」

おつやはそう言い、二日後、改めて訪ねて来ると帰って行ったのだった。

「おまきです」

障子《しょうじ》の外から声がかかった。

帳づけをしていた達吉《たつきち》が、おやっと訝《いぶか》しそうにおりきを見る。

「わたくしが呼んだのですよ」

そういうと、おりきは、お入り、と声をかけた。

障子がするりと開き、おまきが帳場を怖々《こわごわ》と覗《のぞ》き込む。

「何かお話が？　じゃ、あっしは席を外しやしょう」

達吉がおりきを窺う。

「いいえ、大番頭さんにも聞いてもらいましょう。おまき、中にお入りなさい」

おまきが怖《お》ず怖ずと入って来る。

「もっと近くに……。今、お茶を淹《い》れますからね。それで、大壺に上手《うま》く活けられましたか？」

おりきが急須《きゅうす》のお茶っ葉を替えながら訊《たず》ねると、何を言われるのかと緊張していたおまきの表情が弛んだ。

「ええ、なんとか……」

「そうですか。では、あとで拝見しましょう。さっ、お茶をお上がりなさい」

おりきが長火鉢《ながひばち》の猫板《ねこいた》に湯呑《ゆのみ》を置く。

おまきはさっと俯《うつむ》くと、膝《ひざ》の上で手をもぞもぞとさせた。

「そんなに固くなることはありませんよ。実は、おまえに縁談がありましてね」

縁談と聞いて、おまきは驚いたように顔を上げた。

達吉も目をまじくじさせている。

「縁談って……。おまきに？」

「昨日、おつやさんが見えましてね」

「おつやって、ああ、仲人嬶の？　へえ、それで？」

達吉がひと膝前に躙《にじ》り寄る。

おやまっ、達吉はまるで自分に縁談があったかのような顔をしているではないか
……。

達吉もどうやらそれに気づいたようで、えへっと照れ笑いをした。

「おつやが縁談を持ってくるのは久々のことだったもんで、つい……」

「本当に、何年ぶりかしら……。いえね、実は、此度の縁談はあまり諸手《もろて》を挙げて勧められるような内容ではなく、それで、おつやさんも此度は商売抜きでってことなのですがね」

「商売抜き……。へえェ、仲人嬶が礼金を取らねえなんてことがあるのかよ。で、諸手を挙げて勧められねえ内容たァ、一体《いってえ》……」

「それが、相手の方は初婚ではなく、お子がいらっしゃり、つまり、後添《のちぞ》いということなのですが、それだけなら珍しくもない話で別に驚きませんが、その方、妻を娶《めと》るのはこれで四度目となり、腹違いのお子が四人いらっしゃいますの」

おりきがそう言うと、達吉が指を立て、四度目？　と目を丸くする。

「一番目と二番目の奥さまは病で亡くされたそうですが、三番目の方は乳飲み子を残して出奔《しゅっぽん》されたそうです。それで、春次さんというその方は十歳を頭に四人のお子を、しかも、末はやっと二歳になったばかりだそうですが、男手ひとつで育てながら位牌師の仕事をしておられるそうで……」

「位牌師？　あっ、そりゃ駄目だ……。龕師《がんし》（棺《ひつぎ》を作る職人）、墓掘りは縁遠いというからよ。その男の女房運が悪いのもそのせいかもしれねえ。しかも、四人の瘤つきときた……。そりゃ、おつやが諸手を挙げられねえのも尤《もっと》もでェ！」

「大番頭さんもそう思いますか？　わたくしもこの話を聞いて、おまきに話したものかどうか迷いましたの。けれども、話す前に、わたくしの独断で断ってしまうのはどうかと思いましてね。おまきに話したうえで、気が進まないのでと断るぶんには構いませんからね。それで、こんな話があったということだけでも伝えておこうと思いまして……」

おりきがおまきを瞠める。

「どうかしら？　やはり、お断りしたほうがいいかしら？」

「あたし……、あたしは……」

おまきが目を伏せる。

「無理をすることァねえんだ。おまき、断っちめえな。それで、その男、歳は幾つなんで？」

「四十三だそうです」

「四十三……。なんてこった！　四十路《よそじ》を過ぎて、十歳を頭に四人の子持ち……。しかも、末の子はまだ二歳というじゃねえか。そんな男に嫁いでみな？　餓鬼《がき》が一人前《いちにんめえ》になる前《めえ》に、おまきは後家《ごけ》になるかもしれねえんだぜ！　そうしたら、おめえ、どうするつもりかよ。生さぬ仲の子をおめえ一人で育てる羽目になりかねねえんだぜ？止《よ》しときな、悪《わり》ィことは言わねえから、止すんだな」

達吉が憎体《にくてい》に言う。

「そうですね。わたくしもそのほうがよいと思います。おまきにはまだ先があるのですもの、またよい縁談があると思いますよ。それに、此の中、やっと、おまきも茶立女としての自信が出て来たみたいですし、もう暫く、立場茶屋おりきの家族でいてほしいとも思います。今日だって、わたくしが茶屋の大壺に花を活けてもよいと言ったときの、おまえの顔！　活き活きと輝いていましたからね」

「おっ、おまき、信楽の大壺に活けさせてもらったのかよ？　そいつァ、大《て》《え》したもんでェ！　だってよ、これまでは、あの大壺に花を活けるのは女将さんだけで、他の者は手が出せねえと思ってたんだからよ」

達吉が信じられないといった顔をする。

「いえ、今までも、二度ほど活けさせてもらったことがあります。けど、あのときは、およねさんたちに助《す》けてもらったんで、最初から最後まで一人で活けたのは、今日が初めてで……」

おまきが消え入りそうな声で言う。

「なに、それだって凄《すげ》ェことじゃねえか！　もっと自信を持ちなよ。なっ、そんなふうに、おめえはもう茶立女として一人前《めえ》なんだからよ。だから、子持ちの位牌師なんて肘鉄《ひじてつ》を食わしてやんな！」

達吉が茶目っ気たっぷりに目弾《めはじき》をする。

「けど、あたし……」

おまきが上目《うわめ》におりきと達吉を窺う。

「…………」

「…………」

一体、おまきは何を言いたいのであろうか……。

「どうしてェ、言いてェことがあるのなら、はっきり言いな」

「逢うだけなら、逢ってみてもいいような……」

おまきは鼠鳴《ねずみな》きするような声で呟《つぶや》いた。

「逢うって、おめえ、春次という男と見合いをするってか!」

達吉はよほど驚いたようで、素《す》っ頓狂《とんきょう》な声を上げた。

おまきが慌てて首を振る。

「そうじゃなくて、話を持ってきたおつやさんという女《ひと》に逢い、もう少し詳《くわ》しい話を聞いてもいいかと思って……」

ああ……、とおりきは頷いた。

「それもそうですよね。おつやさんもまだおまきに逢ったわけではないのですもの……。おつやさんにしても、相手の方におまきのことを話すのに、一度も逢っていないのでは済みませんものね。解りました。恐らく、明日辺り、おまきの気持を確かめに見えるでしょうから、そのとき、詳しい話を聞いたらよいでしょう。そのうえで、春次さんと見合いをするもよし、その場でお断りするもよし……。ねっ、そういうことに致しましょう」

おまきはほっと眉《まゆ》を開いたようだった。

おまきが帳場を出て行くと、達吉が待っていましたとばかりに口を開く。

「驚きやしたね。おまきの奴、この縁談がまんざらでもなさそうだとはよ……。普通、誰だって、嫌がりやすぜ。大店《おおだな》の後添いに入るのとはわけが違って、相手の男は四十路過ぎの位牌師……。まっ、食うには事欠《ことか》かねえかもしれねえが、腹違《はらち》げの餓鬼を四人も抱《かか》えてるんだぜ。しかも、末の餓鬼はまだ二歳というじゃねえか！　そんな男の元に嫁いだところで、苦労するのは目に見えてやすからね。それなのに、詳しい話を聞きてェだと？　ヘン、これ以上、なんの話があるってんでェ……」

達吉が怪訝《けげん》そうに首を捻《ひね》る。

「おまきには初めての縁談ですもの、決してよい縁談といえないのは解っていても、無下《むげ》に断ってしまうのが憚《はばか》られたのでしょう。その気持はわたくしにも解るような気がします。いずれにしても、おつやさんに逢わせてみなければ、おつやさんだってな

ん と言われるか判《わか》りませんもの……」

おりきがそう言うと、あっと、達吉がおりきを窺う。

「女将さん、おまきのこれまでのことをお話しになったのでやすよね？　そのうえで、おつやはおまきに縁談を？」

達吉が不安そうな顔をする。

「ええ、話しました。隠したところで、いずれ判ることですからね」

「話したって、どこまで……。おまきが悠治《ゆうじ》という男に置き去りにされたってことだけでやすよね？」

まったく、達吉という男は心配性である。

「そうですよ。おまきは立場茶屋おりきに置き去りにされ、それで、茶立女として働くようになったのですから、そのことは隠せません。おまえはおまきの心を過ぎった殿方《とのがた》のことまで話したのかと言いたかったのでしょうが、片惚《かたぼ》れした殿方のことまで話す必要がないではありませんか。女ごなら、誰しも心を過ぎる殿方の一人や二人いても当然です……。このわたくしでさえ、この歳になるまで、何人もの殿方に心がときめきましたからね」

「けど、現在《いま》は、巳之吉《みのきち》だけでやすよね？」

達吉はひょっくら返したわけでもないのだろうが、おりきの頬にさっと紅葉《もみじ》が散った。

「おっ、女将さん、紅《あか》くなってらァ！」

「達吉！」

おりきは声を荒《あら》らげたが、まんざら悪い気はしなかった。

そうなんだ……。

巳之吉とのことは、隠し立てするようなことではないのだから……。


その頃、あすなろ園では、高城貞乃《たかぎさだの》が先頭に立ち、雛壇《ひなだん》の飾りつけをしていた。

「あら、みずきちゃん、三人官女《さんにんかんじょ》は五人囃子《ごにんばやし》の上でしょ？　そう、そこでいいのよ。じゃ、おいねちゃんはその隣にね。そうっと、そうっと置くのですよ。では、次は、おせんちゃんとなつめちゃんに五人囃子を飾ってもらいましょうか」

貞乃がなつめに鼓《つづみ》を持つ人形を手渡す。

なつめが片脚を引き摺《ず》り、怖ず怖ずと雛壇へと寄って行く。

「そう、それでいいのよ。よく出来ましたね。では、次は男の子ね。さあ、これはどこに置けばいいのかな？」

榛名《はるな》が勇次に笛を吹く人形を手渡す。

「綺麗《きれい》やわァ……」

なつめがうっとりとしたように目を細め、雛壇を眺《なが》めている。

「うち、京ではこんなことせえへんかった……」

「あすなろ園だって、雛人形を飾るようになったのは、去年からだよ。それまでは、紙の立雛《たちびな》だけだったんだ。けど、近江屋《おうみや》のおっちゃんが、うちじゃもう使わないからって、持って来てくれたんだ！」

みずきが燥《はしや》いだように言う。

現金なものである。

久方ぶりにあすなろ園に顔を出したみずきは、四半刻《しはんとき》（三十分）ほどは借りてきた猫のように潮垂《しおた》れていたのだが、誰もみずきの火傷《やけど》のことに触《ふ》れないと見て取るや、忽《たちま》ち、持ち前のやんちゃぶりを発揮し、現在《いま》ではすっかり元のみずきに戻っていた。

なつめのことは亀蔵《かめぞう》の口から説明してあったので、みずきは子供心にも脚のことや生《お》い立ちのことには触れないほうがよいと思ったのか、まるで、以前からの友達であるかのようになつめに接したのだった。

みずきにしても、肩の火傷跡《やけどあと》のことには触れてほしくない。それは、心身に疵を持つ者にしか解らないものだった。

「あっしはなんと間抜けたことを……。あすなろ園にこんなに立派な雛壇飾りがあるとも知らず、たまたま十軒店《じっけんだな》を通りかかったものだから、女ごの子にと思って立雛を買って来てしめえやした」

貸本屋《かしほんや》の謙吉《けんきち》が、バツが悪そうに月代《さかやき》を掻く。

「いえ、これも飾らせていただきますわよ。有難《ありがと》うございます。子供たちのために、無償《むしょう》で赤本《あかほん》を貸して下さるばかりか、こうして、立雛まで気を遣《つか》って下さり恐縮《きょうしゅく》していますのよ」

貞乃が頭を下げる。

「だが、実に立派な雛ですな。商売柄《しょうべえがら》、あちこちにお邪魔《じゃま》させてもらいやすが、調度品まで揃《そろ》ったこんな見事な雛壇飾りは見たことがありやせん」

謙吉が惚《ほ》れ惚《ぼ》れとしたように、雛壇を見上げる。

「これは、近江屋さんが寄贈《きぞう》して下さいましたの。なんでも、お嬢さまが娘時代に飾られていた雛だそうですけど、近江屋さんも客商売なのですもの、広間にでも飾られるとよいのに、もううちには要らないからと持って来て下さったのは、あすなろ園の子供たちのことを思ってのこと……。有難《ありがた》いことです。あすなろ園は、こうして、皆さまに支えられているのですものね」

「近江屋といえば、何軒か先の、あの旅籠の？　確か、門前町の店頭《たながしら》を務めておられるとか……。さすがでやすね。気っ風《ぷ》がいいや！」

キヲが盆に湯呑を載《の》せてやって来る。

「さっ、お茶をどうぞ。お持たせですが、桜餅《さくらもち》も上がって下さいな」

「いや、桜餅は子供たちに……。あっしはお茶だけで……」

「そうですかァ……。けど、これは長命寺《ちょうめいじ》の桜餅ではありませんか。では、向島《むこうじま》に行かれたのですか？」

「ええ。朝方にね」

「まっ、朝方が向島で、昼からが品川宿《しながわしゅく》……。なんと、貸本屋というのは、そんなにあちこちと動くのですか！」

キヲがあんぐりと口を開ける。

「いや、たまたまでしてね。おっ、そう言ャ、吾妻橋《あづまばし》で珍しい男《ひと》に逢いやしたぜ。あれは、確か、旅籠で下足番をしていなさる……、年配の……、なんといわれやしたか

「そう、その吾平さんでやすよ！　すれ違っただけで、向こうは気づいちゃいねえんだが、あれは確かに、吾平さんだった。いえね、あたしは一度見た顔は忘れねえ質《たち》で……。吾平さんには末吉《すえきち》という下足番見習に立場茶屋おりきの旅籠に初めて通されたとき、玄関先で挨拶《あいさつ》をしやしたからね」

キヲが訝しそうに榛名を振り返る。

「まさかねえ……。吾平さんがそんな遠いところまで行くわけがない。ねっ、榛名さん、そうだよね？　おまえさんは旅籠の板場に出入りするから知ってるだろ？」

榛名は首を傾《かし》げた。

「ええ、あたしもそう思うけど、そういえば、今日は一度も吾平さんの姿を見ていないような……」

「見ていないって……。けど、吾平さんが旅籠を留守にするって話は聞いていないんだろう？」

「ええ、あたしは聞いていません。けど、旅籠衆《はたごし》の賄《まかな》いを作るだけのあたしが知らなくても、不思議はありませんからね」

「吾平《ごへい》さんですか？」

ね？」

謙吉が腕を組む。

「じゃ、あっしの見間違《みまちげ》ェだったのかな？　だとすれば、瓜割四郎《うりわりしろう》だ。顔ばかりか、背恰好《せかっこう》までがそっくりだったんだからよ」

「世の中には、似た顔が三人はいるというからさ！　気にしたところで仕方がないさ。じゃ、子供たちに桜餅を配って、ついでだから、あたしたちも小中飯《こじゅうはん》（おやつ）を頂《いただ》こうかね」

キヲが茶の仕度に戻って行く。

「ヤッタ！　桜餅だぜ、桜餅！」

勇次と悠基《ゆうき》が駆け寄ってくる。

女ごの子もそれに倣《なら》い、こうして、あすなろ園では小中飯が始まったのである。

ところが、その頃、旅籠では末吉が今にも泣き出しそうな顔をして、吾平が戻って来ない、とおりきに訴《うった》えていたのである。

「戻って来ないとは、どういうことなのですか？」

おりきが末吉に顔を上げるようにと促《うなが》す。

「吾平さん、昼過ぎには戻って来るから、他の者には自分が旅籠を留守にすると言っちゃならねえって口止めしたんですよ。けど、もう八ツ半（午後三時）だというのに、まだ戻って来ねえ……。七ツ(午後四時)を過ぎれば、泊まり客が次々にやって来るというのに、おいら一人じゃ客に洗足盥《せんぞくだらい》を使わせることも出来ねえ……。第一《でえいち》、どう挨拶していいんだか……。済んません。こんなことになるんなら、吾平さんを行かせるんじゃなかった。いいんや、行くのは止められねえにしても、女将さんに報告するんだった……。済んません……」

末吉は半べそをかいている。

「今朝、お客さまを送り出すときにはいたのですね? それで、どこに行くと言っていたのですか?」

末吉が慌てて頭《かぶり》を振る。

「訊ねたんだけど、ちょいとと言っただけで、どこに行くとは言わなくて……」

吾平らしくないことである。

吾平は隠居した善助の跡を継《つ》ぎ、近江屋から移ってきた男であるが、近江屋にいた頃も立場茶屋おりきに移ってきてからも、下足番という仕事に誇りを持ち、律儀《りちぎ》に勤《つと》め上げる男であった。

そんな吾平であるから、無断で旅籠を空《あ》けることなど考えられない。

おりきの胸が重苦しいもので包まれていった。

一体、吾平に何が……。

「女将さん、大丈夫《でえじようぶ》でやす。今宵《こよい》は俺が吾平さんの代わりを務めやすんで……」

番頭見習の潤三《じゆんぞう》が割って入ってくる。

「おう、そうしてくれるか！」

達吉が、いいですよね？　とおりきを窺う。

「ええ、そうして下さい。けれども、吾平さんのことが案じられますね」

「さいですね。常《つね》から、野放図《のほうず》な男というのなら解りやすが、あの吾平がこんないい加減なことをするなんて……」

達吉も蕗味噌《ふきみそ》を嘗《な》めたような顔をした。


吾平が戻って来たのは、翌朝のことだった。

立場茶屋おりきの宿泊客は、他の白旅籠《しらはたご》や木賃宿《きちんやど》の客と違って比較的朝の出立《しゆつたつ》が遅く、大概《たいがい》がゆっくりと朝餉《あさげ》を済ませた後なので、吾平は見送りに間に合うように戻って来たようである。

玄関で客の履物《はきもの》を用意していた末吉が、吾平の姿を認めると、大声で潤三を呼んだ。

「潤三さん、吾平さんが帰《けえ》って来たぜ！　早く、大番頭さんや女将さんに知らせてくれ！」

そう叫ぶと、末吉は吾平の傍に駆けて行った。

「吾平さん、一体《いってえ》、どうしちまったんだよ！　すぐに帰《けえ》ると言ったじゃねえか。おいら、心配《しんぺえ》で、心配で……」

吾平は決まり悪そうに片頬《かたほお》で笑った。

「済まねえ……」

そこに、知らせを聞いたおりきと達吉が帳場から出て来る。

「吾平！　おめえって奴は……」

「良かった……。帰って来てくれたのですね」

が、ハッと全員は顔を見合わせ、階段を下りて来る客を振り返った。

女中頭《じょちゅうがしら》のおうめが、岡崎《おかざき》の味噌《みそ》問屋《どんや》尾張屋《おわりや》一行を先導して下りて来る。

「とにかく、話は後だ。吾平、お見送りに抜かりないようにな」

達吉が吾平に目まじする。

尾張屋助左衛門《すけざえもん》は玄関先に旅籠の主立った顔ぶれが揃っているのを見ると、愛想《あいそ》のよい笑《え》みを返した。

「これはこれは、皆さん、勢揃《せいぞろ》いでお見送りとは有難いですな。いやァ、女将、此度も至《いた》れり尽くせりの気扱《きあつかい》や板頭《いたがしら》の見事な料理に、満足させてもらいましたよ。あたしなんぞ不粋《ぶすい》なものだから、雛祭《ひなまつり》が近いことなど失念していましたが、夕餉膳《ゆうげぜん》のお品書《しながき》を見て、おう、そうよ、雛の祭が近いのだと気づきましてね。久々に、華《はな》やいだ気分を味わいましたよ。板頭にあたしが礼を言っていたと伝えてくれないかな」

「畏《かしこ》まりました。お気に召していただけて、わたくしどもも嬉しゅうございます。それで、江戸からの帰路、再び、こちらにお立ち寄り下さるとか……」

「ああ、五日後になるが、宜《よろ》しく頼むよ」

「お待ちしています」

潤三が四ツ手（駕籠《かご》）が来たと伝えに来る。

「道中、お気をつけ下さいませ」

「ああ、世話になったな」

そうして、尾張屋一行が出立し、他の部屋の客も次々に旅籠を後にした。

最後の客を送り出すと、おりきは達吉に吾平を呼ぶようにと伝え、帳場に戻った。

吾平が達吉に付き添《そ》われて帳場にやって来たのは、それから間なしのことだった。

「済みやせんでした」

吾平は入り側で畳《たたみ》に頭を擦《す》りつけ、謝った。

「もう少し近くにお寄りなさい。顔色が優《すぐ》れないようですが、寝不足ですか？」

おりきが濃《こ》いめの茶を淹れてやる。

吾平は長火鉢の傍まで膝行《しっこう》すると、再び、深々と頭を下げた。

「さっ、お茶をお上がりなさい。身体がしゃきっとするように、濃いめにしておきました」

「へっ、申し訳ありやせん」

吾平が怖ず怖ずと湯呑に手を伸ばす。

「わたくしはおまえが無断で旅籠を空けたのは、そうせざるを得ない、よほどの理由があったからだと思っています。日頃のおまえを見ていると、不実《ふじつ》なことをするとは思えませんからね。話してくれませんか？　一体、何があったというのですか」

おりきが吾平の目を瞠める。

「へい……」

吾平は湯呑を猫板に戻すと、腹を決めたとばかりに、おりきに目を据《す》えた。

「今さら隠すつもりはありやせん。実は、あっしが近江屋にいた頃、女中をしていたおきえという女ごがおりやして……。といっても、もう十五年も昔のことでやす。おきえはさして美印《びじるし》（美人）というわけでもなく、どこかしら寂しげな表情をした女ごでやしたが、気配《きくば》りの長《た》けた、心根の優しい女ごで……。いつしか、あっしはおきえのことが気になってならなくなりやしてね。というのも、近江屋は立場茶屋おりきと違って、年中三界、客の出入りが激しく、そのため、女中たちも競肌《きおいはだ》な女ごが多く、控えめなおきえはどうしても爪弾《つまはじ》きにされやしてね……。あっしはおきえが他の女ごたちと甘《うま》くやっていけるのかと心配《しんぺえ》で、心配で……。それで、大丈夫《でえじょうぶ》か、何かあったら俺に言ってこいよ、と声をかけてやってたんですよ。ところが、まさか、それがおきえの心を惑《まど》わせることになろうとは……。おきえの奴、あっしがほの字だと受け留《と》めちまったんでやすよ。あっしはおきえを妹のように思っていやした。だから、おきえからおまえの女房になりたいと打ち明けられたとき、あっしは慌てふためいちまって……。あっしは生涯《しょうげえ》所帯を持たねえと決めていやしたからね。下足番風情《ふぜい》で、女房を養《やしな》っていけっこありやせん。旦那に相談すれば、裏店《うらだな》に一部屋借りて下さったのかもしれやせんが、おきえを妹のようにしか思ってねえあっしには、そんな気も起こりやせんでした。それで、おめえは勘違《かんちげ》ェしているようだが、俺にはそんな気はさらさらねえ、と言ってやったんですよ。すると、おきえが泣くんですよ。実家《さと》で嫁入り話があり、小梅村《こうめむら》に帰るようにと言われているが、あたしはおまえの傍を離れたくない、寝ても覚めてもおまえのことが頭から離れず、おまえもあたしのことを好いていてくれると思っていたのに……、とそう言いやしてね。正《まさ》な話、あっしの気持も揺《ゆ》らぎやした。けど、いきなりそんなことを言われても、相手が誰であれ、あっしにャ所帯を持つ気などありやせんでしたから……」

吾平はそこまで言うと、ふうと肩息《かたいき》を吐《つ》いた。

「じゃ、おめえはその女ごを突っぱねたというんだな？　勿体《もってえ》ねえことを……。据え膳《ぜん》食わぬはなんとかというが、おめえは手もつけずに逃げ出したんだからよ」

達吉がひょうらかす。

「据え膳を食ったばかりに、がんじがらめになっちまうより、あっしは気随《きずい》に生きてェと思いやして……」

「では、おきえさんは諦めて、実家《さと》に帰られたのですね」

吾平が眉根《まゆね》を寄せる。

「おきえに打ち明けられてからというもの、極力《きょくりょく》、あっしはおきえを避《さ》けやした。目が合いそうになるとさっと逸《そ》らし、そんなことを繰《く》り返していると、おきえも諦めがついたのでやしょう、小梅村の実家《けえ》に帰って行きやした。あっしはやれと安堵しやしたが、同時に、三百落としたような気になりやしてね……。おきえに去られてみて初めて、妹のようだと思ったのはあっしの言い逃《のが》れにすぎず、本当は、おきえを女ごとして見ていたのだと知りやした。けど、これで良かったんでやすよ。おきえもこんな生《なま》はんじゃくな男を相手にするより、親が見つけてくれた男の元に嫁ぐほうがいいに決まってやすからね。そうこうするうちに、いつしか、おきえのことは遠い昔のことのように思えるようになり、正な話、三日前《めえ》まで、おきえがいたということすら忘れてやした。ところが……」

吾平が辛《つら》そうに顔を歪《ゆが》める。

「三日前《めえ》、品川寺《ほんせんじ》の前《めえ》で、先《せん》に近江屋にいた男に出会《でくわ》しやしてね。当時、そいつは追廻《おいまわし》をやってたんだが、おきえが近江屋を辞《や》めて暫くした頃、そいつも辞めていきやしてね。なんでも、現在《いま》は向島の山藤庵《やまふじあん》の焼方《やきかた》をやっているとかで、懐《なつ》かしさのあまり思い出話をしていたところ、そいつがふっとおきえの名を出したではありやせんか……。てっきり、おきえは嫁に行き、今頃は餓鬼の二人や三人は産んでいるものとばかりに思っていたあっしは、そいつの話を聞いて、強《したた》かに頭を殴《なぐ》られたような想いに陥《おちい》りやしてね……。おきえは嫁になんて行っていなかったんでやすよ。いや、行くことは行ったんだ。けど、祝言《しゅうげん》の晩、新枕《にいまくら》の閨《ねや》を飛び出したおきえは、嫌だ、嫌だ、と叫びながら川っ渕《ぶち》まで走り、大川に身を投げちまったそうで……」

えっと、おりきが息を呑む。

達吉も色を失った。

「では……」

「死んじまったのか！」

吾平は太息《ふといき》を吐くと、首を振った。

「周囲《まわり》にいた者が川に飛び込み、すぐに引き上げられたそうでやす。けど、それが原《も》因《と》で嫁ぎ先からは離縁され、おきえは生命拾《いのちびろ》いをしたものの、肺に障害が残ったとかで、以来、寝たり起きたりの毎日で、実家《さと》でも手に余したらしく、おきえは納屋《なや》の中に寝かされているそうで……」

おりきは眉根を寄せた。

「けどよ、その男はなんだっておきえのことに詳しいんだ？」

達吉が訊ねると、吾平は寂しそうに笑った。

「そいつの出所《でしょ》がおきえと同じ小梅村で、しかも、現在《いま》、山藤庵にいるものだから、おきえの噂《うわさ》が時折入《へえ》るそうで……。あの辺りじゃ、おきえのことを惚れた男への未練から、婚礼の晩に逃げ出した不実女《ふじつおんな》と、面白おかしく噂しているとかで……。その男はあっしとおきえのことには気づいていねえようでやしたが、惚れた男への未練という言葉が、ぐさりと胸に刺さりやしてね。恐らく、あっしのことなのでしょう。おきえがそこまであっしを慕《した》っていたとは……。しかも、そのために生命《いのち》を捨てようとしたなんて……。あっしは居ても立ってもいられなくなって、その男からおきえの実家《さと》がどこにあるのか聞き出しやした。すると、そいつが言うには、おきえはもうあまり永《なが》くねえだろうと……。昨日、客の履物を揃えていたら、たまたまあっしの雪駄《せった》の緒《お》がぷつりと切れやしてね。不吉な想いに全身が粟立《あわだ》ちやした。それからというもの、何がなんでも、おきえに逢わなくてはと、矢も楯《たて》も堪らなくなって……」

吾平がぶるると肩を顫《ふる》わせる。

「それで、客を送り出した後、末吉に昼過ぎには戻ると言い置き、小梅村まで出掛けたのですね？」

「ひと目逢うだけでよかった……。逢って、詫《わ》びを言いたかったんでやすよ。あっしはおきえにちゃんと向き合うことなく、逃げ出しちまったんでやすからね」

吾平は涙声に言い、洟《はな》を啜《すす》り上げた。

「それで、逢えたのですか？」

いいえ……、と吾平は俯いたまま首を振った。

「ひと足遅かった……。おきえ、昨日の早朝、息を引き取ったそうで……。おきえの父親《てておや》からおきえとの関係を訊かれ、あっしはとうとう本当のことが言えやせんでした。それで、おきえが近江屋にいた頃の仲間だが、たまたま向島に用があって来たが、おきえが病に臥《ふ》していると聞いたものだから、見舞いをしてェと思って寄ったのだが……、とそんなふうに万八を吐きやした。そしたら、父親が悦んでくれやしてね……。誰一人として見舞ってくれる者もなく、娘は寂しい想いをしながら生命《いのち》の尽きるのを待っていたが、やっと、こうして、昔の仲間が逢いに来てくれたんだ、さぞや、おきえも草葉《くさば》の陰で悦んでいることだろう、とそう言って、通夜に参列してやってくれねえかと頼むんですよ。あっしが傍についていてやらねえと、おきえには老《お》いた双親《ふたおや》しかいねえ……。父親の話では、あれ以来、おきえの家族は村八分《むらはちぶ》になったそうで、恐らく、野辺送《のべおく》りに参列する者はいねえだろうというもんだから、あっしは腹を括りやした。今宵ひと晩、おきえの傍についていてやろう、本当は、野辺送りにも出てやればいいのだろうが、女将さんに無断で出て来ちまったもんだからそこまでの勝手は許されねえが、今日一日、勝手をしちまったことを平謝りに謝り、通夜だけは許してもらおうと思いやして……。そんな理由《わけ》でやす。どうか、お許し下せえ」

吾平の頬を涙が伝った。

おりきは懐紙《かいし》をそっと吾平に手渡した。

「解りました。そんなことなら、気を兼ねることなく、野辺送りにも立ち会ってくればよかったのですよ」

吾平が懐紙で顔を覆《おお》い、首を振る。

「いえ、これで充分です。あっしはひと晩おきえの傍に寄り添い、おきえの双親が眠っちまった八ツ（午前二時）頃から、ずっと、あいつに語りかけていやした。今頃やって来て、済まなかった、許してくれと言ってもおめえは許してくれねえかもしれねえが、俺はおめえのことを好いていなかったんじゃねえ、勇気がなかったんだよ、こんな体《てい》たらくな男に生命《いのち》を賭《か》けてくれたおめえに、俺《おり》ャ、どんなに感謝していることだろう、俺ャ、誓うからよ、今この瞬間が、俺とおめえとの祝言だ……、今日から、おめえを俺の女房として胸の中に留《とど》めるからよ、おっつけ、俺もそっちに行くから待っていてくれねえか、まだ、俺には立場茶屋おりきでやり残したことがあるから、それが終われば、おめえの傍に行く、ちゃんと居場所を空けて待っててくれや、おきえ、寂しがるな、これからは、おめえは俺の心の中にいるんだからよ……、とそんなふうに語り続けてやりやした。きっと、おきえも解ってくれたと思いやす」

わっと、おりきの眼窩《がんか》を熱いものが衝《つ》く。

おりきはそっと目頭《めがしら》を押さえた。

見ると、達吉までが目を潤《うる》ませている。

「吾平、よく、胸の内を話してくれましたね。では、これでよいのですね？」

「へい。ただ、一つ、女将さんにお願《ねげ》ェがありやす」

吾平がおりきを瞠める。

「一廻り《ひとまわ》（一週間）ほどしたら、もう一度、あっしに暇《ひま》をくれやせんか？　小梅村に行って来ようと思ってやすんで……」

「構いませんが、墓詣り《はかまい》ですか？」

「おきえの父親《てておや》の話じゃ、土饅頭《どまんじゆう》を作るくれェで墓らしい墓は建ててやれねえということだったんで、あっしが建ててやりてェと思いやして……。それに、先々、あっしが隣に眠れるようにと墓所《はかしよ》だけは確保しておき、おきえの双親にはあっしとおきえの間にあったことを包み隠さず打ち明けるつもりでやす。どしめかれようと、殴られようと、俺ャ、構わねえ。双親の前で頭を下げ、これまで苦労をかけたことへの詫びも言いてェし、通夜の晩、あっしとおきえは夫婦《めおと》になったと報告したくて……。いけやせんか？」

「とんでもありません！　いけないはずがないではありませんか。男としての区切《けじめ》をつけるのですね。解りました。わたくしからも香典《こうでん》として某《なにがし》か包ませてもらいます。そうだわ、吾平、おまえは墓を建てるといっていますが、お金はあるのですか？」

おりきがそう言うと、吾平は苦笑《くしよう》した。

「女将さん、あっしが何年下足番をしてきたと思いやす？　近江屋にいた頃から数えれば、かれこれ三十二年……。近江屋を退いた後は葛西《かさい》に引き上げ、土いじりでもしながら隠遁《いんとん》生活をと思い、これまで無駄遣《むだづか》いをしねえようにして金を貯《た》めてきやした。ところが、立場茶屋おりきの世話になるようになり、当初は後継者を育てるまでと思っていたのに、現在《いま》では葛西に帰《けえ》るつもりはさらさらなくなった……。だから、おきえに墓を建ててやるくれェの金は持っていやす」

「けどよ、墓を建てるとなったら、一日やそこらでは建たねえだろうが……」

達吉が割って入る。

「ええ、ですから、此度は墓標《ぼひよう》にしやす。それで、おきえの双親にありのままを話し、許しが貰えるようなら、改めて、石工《いしく》と相談し、おきえとあっしの夫婦墓《めおとばか》を建ててもいいなと……」

「まあ、夫婦墓……。吾平、おまえはそこまで覚悟を決めているのですね」

おりきが目を瞠《みは》ると、吾平は頰を弛めた。

「戒名なんて要りやせん。あっしとおきえの名前を並べて彫ってもらえりゃ、それでいい。そこが、あっしとおきえが肩を寄り添い、眠る場所……。要《よう》は、気持の問題でやすから……」

「吾平、おまえって男《ひと》は……」

おりきの目に涙が溢《あふ》れた。

「おっ、吾平、いつでも構わねえぜ。小梅村に行って来な。但し、今度は無断で行くんじゃねえぜ。ちゃんと女将さんや俺に断って行くんだ。此度も、末吉の奴がおろおろとしちまってよ。まっ、潤三が助けてくれたんで、やりくじりもなく済ませることが出来たんだがよ」

「へっ、解ってやす。それにしても、末吉の野郎、まだまだだな。一人じゃなんにも出来ねえとはよ……。てこたァ、あっしの育て方が悪《わり》ィということ。するてェと、まだ当分、あっしは隠居できねえってことでやすね？」

吾平が苦笑《にがわら》いをする。

「そういうことよ。潤三みてェに、一を聞いて十を知るような男なら楽だが、吾平、おめえ、覚悟《しん》しとけや！」

達吉は心から嬉しそうに高笑《たかわら》いをした。

吾平が帳場を辞《じ》し、改まったように、おりきと達吉は顔を見合わせた。

「吾平にあんなことがあったとは……。わたくしは店衆《たなし》のことは大概《たいがい》解ったつもりでいましたのに、少しも解っていなかったのですね」

おりきが思い倦《あぐ》ねたような顔をする。

「てんごうを！　吾平とおきえのことは、近江屋にいた頃の話じゃありやせんか。女将さんが解らなくて当然だ」

「それはそうなのですが、吾平が何故《なぜ》あそこまでおきえさんと所帯を持つことに尻込みしたのかと思うと、どうしても解《げ》せませんの。吾平もおきえさんのことを憎《にく》からず思っていたはずです。妹としてしか見ていなかったと言っていましたが、おきえさんがいなくなった途端《とたん》、三百落としたような気になったのですもの……。吾平は敢《あ》えて我が心に蓋《ふた》をしていたのですよ。けれども、何が吾平をそんな気持にさせたのかと思うと……」

「そりゃ、決まってやすよ。吾平には、近江屋の旦那に所帯を持たせてくれと言い出せなかったんでやすよ。考えてみれば、あそこの店衆で所帯を持った者はいやせんからね。所帯を持ちたきゃ、辞めていくしかねえ……。別に、近江屋の旦那がそんな決まりを作ったわけじゃねえんだろうが、いつしか、慣例《かんれい》となっちまったんだな。その点、立場茶屋おりきは違うからよ。茶屋番頭の甚助《じんすけ》や板頭の弥次郎《やじろう》は所帯持ちだ……。弥次郎に至《いた》っちゃ、女将さんがキヲとくっつけ、わざわざ割長屋を借りてやりなさったんだからよ。しかも、女ごたちには、適当な時期が来たら嫁入り先を見つけてやり、持参金までつけて送り出してやるんだからよ。吾平もおきえも立場茶屋おりきにいたら、きっと、仲睦《なかむつ》まじい家庭を築いていたんだろうがよ……」

そうなのかもしれない……。

が、近江屋忠助《ただすけ》におりきと同じことをしろといっても、他人《ひと》の考えはさまざまで、それこそ差出《さしで》というものである。

おりきは近江屋の女中をしていたおきえを知らないが、吾平をそこまで慕いながらも相手にされず、仕方なく、好きでもない男に嫁いでいったおきえ……。

ところが、新枕を交わす段になり、吾平への未練や思いが再び衝き上げてきて、好きでもない男に身を委《ゆだ》ねるくらいならと大川に身を投じたというのであるから、これほど切ない話があるだろうか。

だが、肉体は滅《ほろ》んでも、魂《たましい》は決して滅びることはない。

おきえは今やっと吾平の心の中に入っていき、しっかと根を下ろしたのである。

恐らく、今後は、吾平の心からおきえが消えることはないだろう。

吾平は毎日心の中でおきえに語りかけ、待っていてくれ、もうすぐ俺も傍に行くからよ、と手を合わせるに違いない。

おきえさん、良かったわね。吾平はもうおまえさまのものなのですよ……。

すると、達吉が思い出したように呟いた。

「嫁入りといえば、確か、おつやが今日辺り来るのじゃねえかな……」

あっと、おりきは我に返った。

そうだった……。

おまきのことがあったのだ。

「まあ、おまえさんがおまきさん……。思ってたよりずっと美印なんで、驚いちまったよ。これなら、春さんもひと目でおまえさんを気に入るだろうさ。といっても、春次って男は口重でさ。世辞口《せじぐち》のひとつ言える男じゃないんだけどさ！」

おつやは品定めでもするかのように、おまきを睨め回した。

「おまきがもう少し詳しい話を聞きたいと申しましてね。春次さんという方は居職で仕事をなさっているようですが、おまきが仕事を手伝うようなことは?」

鯱張《しゃちこば》って何も言えないおまきに代わり、おりきが訊ねる。

「手伝うといっても、位牌作りは素人《しろうと》に手が出せるような仕事じゃないからさ。おまきさんには四人の子の世話や炊事《すいじ》、洗濯《せんたく》と女ごなら誰しもがやるようなことをしてもらえばいいんだよ。あの男は仕事は出来るからね。浅草田原町《あさくさたわらまち》の仏壇屋《ぶつだんや》から引きも切《き》らずに注文が入ってきてさ……。まっ、金に困ることはまずないだろう。しかも、寡黙《もく》な男ときて、必要なこと意外はまず以て喋《しゃべ》らない。てことは、小煩《こうるさ》いことは言わないってことでさ。春さんについては、安気に構えてりゃいいのさ。まっ、四人の子に些《いささ》か手こずるかもしれないが、それだって、最初《はじめ》のうちだけで、気心《きごころ》が知れたら、どうってこともないだろう……。おまえさん、子供は好きかえ?」

おつやがおまきの顔を覗き込む。

「ええ、嫌いではありません。国許《くにもと》にいた頃は幼い弟や妹がいましたし、岡崎で世話になっていた小間物屋《こまものや》の旦那さんや、あたしを旦那さんから逃がし、一緒に江戸に逃げようとした男との間には子が出来なかった……、いえ、出来なかったのじゃなくて、小間物屋の旦那さんとの間には出来たけど、子堕《こお》ろしを強《し》いられたもんだから……」

おまきの言葉に、おりきは挙措《きょそ》を失った。

「おまき、何を言い出すのかと思ったら、おまえ、余計なことを……」

が、おまきはきっと顎《あご》を上げた。

「いいえ、すべてを解っていてもらいたいと思います。それでなきゃ、隠し事をしているみたいで、相手の男《ひと》に申し訳が立ちません」

へえェ……、とおつやが身を乗り出す。

「おまえさん、はっきりとしていて、なかなかいいじゃないか。あたしゃ、そういう女ごが好きだよ。いいから、話しな」

「はい」

おまきは岡崎にいた頃、父親が作った借金の形《かた》に、小間物屋油屋丑蔵《あぶらやうしぞう》のおさすり（表向きは下女、実は妾《めかけ》）として入り、丑蔵との間に出来た子を三度も中条流《ちゆうじようりゆう》で子堕ろししたことや、そんなおまきに同情した幼馴染《おさななじみ》の悠治に唆《そそのか》され、江戸に出て所帯を持とうと駆け落ちしたことを話した。

「その悠治って男が見世《みせ》の金を持ち出させ、おまえをこの立場茶屋おりきに置き去りにして、金を持って逃げたというんだね？　その話は女将さんから聞いたよ。おまえ、品川の海に身を投じようとしたんだってね？　それを助けたのが、女将さんだという じゃないか……。以来、おまえは茶立女となり、これまで我勢《がせい》してきたと、それも聞いた……。そうかえ、おまえさん、そんな疵を抱《かか》えてたんだね……。けどさ、心に疵を抱えている者のほうが、他人《ひと》の痛みが解るからね。おまえも聞いただろうが、春次って男も、女房を二人も病で失い、三番目の女房は男を作って出奔しちまった……。春次さんは男だから泣き言を言わないが、どんなに辛かったことか……。だからさ、きっと、春さんもおまえの心の疵を解ってくれると思うよ。譬《たと》えは悪いかもしれないが、世の中には、女郎を身請《みう》けしてでも女房に直す男もいるんだ。一人や二人、男がおまえの身体を通り過ぎたからって、誰に文句が言えようか！　けどさ、無垢《むく》な女ごを装《よそお》うより、ありのままの自分を見てほしいと、そうして打ち明けてくれたんだから、あたしゃ嬉しいよ。春次に生娘《きむすめ》じゃないなんて文句は言わせないから、安心しな！」

おつやがポンと胸を叩いてみせる。

「で、どうする？　春次と見合いしてみる気になったかえ？」

おまきは気圧《けお》されたかのように、いいえ、と首を振った。

「…………」

「…………」

おりきとおつやが顔を見合わせる。

「見合いという形は取りたくありません。それより、あたしを一度春次さんの家に連れてってもらえませんか？」

「連れてくって……」

「春次さんや子供たちの普段の姿を見てみたいと思います」

「そりゃ構わないが、けど、どういう理由をつけて、連れてくんだえ？」

おつやが途方《とほう》に暮《く》れたような顔をする。

それもそのはず、仲人嬶のおつやは、縁組のためにしか男女を引き合わせたことがないのである。

「確か、子供は十歳を頭に四人と言われましたが、女ごの子はいるのでしょうか」

おまきがおつやに目を据える。

「ああ、十歳がお京《きょう》という女ごの娘《こ》でね。次が八歳の幸助《こうすけ》。この二人までが最初の女房の子で、三番目が五歳の和助《わすけ》……。この子が二番目の女房の子となり、末っ子の太《た》助《すけ》が二歳で、これが三番目の女房の子でね。可哀相《かわいそう》に、太助は生まれて半年足《た》らずで、おっかさんに捨てられてさ……。春さんが太助を背負《せお》って貰い乳をして歩く姿を見てたら、あたしも泣けちまってさ」

「じゃ、十歳のお京ちゃんというのが、下の子供たちの世話を？」

「お飯《まんま》を炊《た》いたり、簡単なお菜《さい》は作るんだろうが、子供のすることだ。どうせ、ろくなものは食っちゃいないんだろうがね」

「女将さん！」

おまきがおりきを瞠める。

「明日は雛祭です。あすなろ園に四人の子を招いてはどうでしょう」

ああ……、とおりきも頷いた。

「それはよい思いつきですこと！　榛名さんが子供たちのためにちらし寿司《ずし》を作ると言っていましたからね。あすなろ園の子供たちも仲間が増えて悦ぶことでしょう」

「おつやさん、明日、あたしを春次さんの家に連れてって下さい。おつやさんから事情を説明してもらい、あたしが立場茶屋おりきを代表して、子供たちを迎えに来たと言いますから……。そうすれば、春次さんにも逢えるし、子供たちが日頃どんな生活《たつき》をしているのか判ります。見合いなんて裃《かみしも》を着た席よりも、そのほうがずっと互いに素《す》の姿を見せられます」

おりきは驚いたように、おまきを見た。

男に惚れやすく、これまで片惚れしては泣きを見たおまきだが、こんなにも芯《しん》がしっかりとしていたとは……。

おまきは自然な形で春次父子《おやこ》と親しくなりたいと言っているのである。

嘗《かつ》て、病の妻と息子を抱えた浪人柳原嘉門《やなぎはらかもん》に想いを寄せ、自分に出来ることならと嘉門一家に献身的《けんしんてき》に尽くしたときのように……。

ただ、あのときと違うのは、嘉門には妻がいたが、春次は女房になる女ごを求めているということ……。

「わたくしもおまきの考えに賛成です。では、早速《さっそく》、貞乃さまや榛名さんにその旨《むね》を伝えておきましょうね」

「なんだかよく解らないが、そのあすなろ園の雛祭って、愉《たの》しそうじゃないか！　あたしも参加させてもらうわけにはいかないだろうかね」

おつやが気恥《きは》ずかしそうに言う。

「ええ、構いませんことよ。大勢のほうが愉しいですもの」

「じゃ、決まりだ！　それで、あたしはいつ、おまえさんを迎えに来ればいいのかえ？」

「春次さんの仕舞た屋は下高輪台町《しもたかなわだいちょう》でしたね？　あすなろ園で雛祭りが始まるのは中《ちゅう》食時《じきどき》ですので、子供の脚を考えますと、やはり、おまきは五ツ半（午前九時）には下高輪台町に行ったほうが……」

おりきがそう言うと、おまきも頷く。

「だったら、おつやさんがあたしを迎えに来ることはないですよ。車町《くるまちょう》に亀蔵親分の八文屋《はちもんや》があるのをご存知ですか？　そこで、五ツ半に待ち合わせてはどうかしら……」

「ああ、八文屋ね。知ってるよ。じゃ、そういうことにして、今日のところはこれで……」

おつやは愛想笑いをして、立ち上がった。

おつやが帰った後、おりきは確認するかのように、おまきを瞠めた。

「おまき、おまえは本当にそれでいいのですね？」

「…………」

「明日、子供たちをあすなろ園に招くことにも、春次さんをそれとなく品定めすることにも異存はありません。けれども、おまえには苦境に立った殿方を見るとつい手を差し伸べたくなり、いつかしら、それを恋心と錯覚《さっかく》してしまうようなところがありますからね。そうなると、見なければならないことにも、目を瞑ってしまう……。わたくしはそれを案じているのですよ」

「柳原さまのことをおっしゃっているのですね？」

おまきが寂しそうな笑みをみせる。

「確かに、あたしは病の咲江《さきえ》さまや頑是《がんぜ》ない坊《ぼう》を抱えた柳原さまに想いを寄せました……。傘張《かさは》りだけでは咲江さまの薬料《やくりよう》が賄《まかな》えず、妓楼《ぎろう》の用心棒まで務めていなさった柳原さまを見ていられなかったんですよ。だから、あたしに出来ることならと食べ物を運んだり、坊の子守までしてしまいました。いつしかそれが恋心に変わり、ときとして、咲江さまさえいなければ……、と邪《よこしま》な気持が過ぎることもありました。けど、あたしは咲江さまも坊も大好きだったんですよ。だから、あたしには悔《く》いはない！　だって、某かでも、あの人たちの役に立てたんだもの……。咲江さまは亡くなられたけど、柳原さまと坊は現在《いま》も国許の駿河《するが》で、父子《おやこ》二人、仲睦《なかむつ》まじく暮らしているのかと思うと、懐かしくこそあれ、後悔なんて……」

おりきの胸がじくりと疼《うず》いた。

ああ……、おまきは嘉門が咲江と息子の首を絞《し》め、自ら腹を搔き切って死んでいったことを知らないのである。

無論、知る必要もなければ、知らせるつもりもない。

あのとき、嘉門たちが葬《ほうむ》られた海蔵寺《かいぞうじ》の投込塚《なげこみづか》にそれとなく詣《まい》らせようと、おりきは先代の墓詣りにおまきを誘《さそ》った。

そうして、先代の墓前で手を合わせるおまきに、咲江が亡くなり、嘉門が咲江の想いを胸に抱《いだ》き、息子を連れて駿河に旅立ったと伝えたのだった。

「咲江さまの想いを胸に抱いて……。坊と一緒に……。だったら、何故、あたしに何も言って下さらなかったのでしょう」

おまきは信じられないといった顔をした。

「きっと、茶屋の仕事に忙殺《ぼうさつ》されていたおまきを気遣《きづか》われたのだと思いますよ。手間を取らせてはならないと……」

「手間だなんて！　ああ、やっぱ、柳原さまの頭には、あたしのことなんか微塵芥子《みじんけし》ほどもなかったんだ……」

おまきは蹲《うずくま》ると、わっと顔に手を当て、泣きじゃくった。

おまきにも、この片恋《かたこい》が決して実ることはないと解っていたのである。

だが、そう解っていても、尽くさずにはいられない、おまき……。

春の雨に打たれながら、ひとしきり泣いたおまきは、おりきに促されて海蔵寺の投込塚へと廻《まわ》り、そこに嘉門や咲江たちが眠っているとは知らず、手を合わせたのだった。

おりきはつと過ぎった想いを払うと、おまきに微笑みかけた。

「そう……。柳原さまのことはよき思い出なのね。おまきがそこまで納得しているのでしたら、わたくしはもう何も言いません」

「嫌だ、女将さんたら！　あたしが同じ轍《てつ》を踏むのじゃないかと案じてるのですね？

大丈夫ですよ！」

おまきは照れたように笑って見せた。

ままよ……。

とにかく、明日は雛祭なのである。


あすなろ園の雛祭は、飛び入りの亀蔵や謙吉、おつやまでが加わり、賑《にぎ》やかなものとなった。

春次の長女お京という娘は、十歳ながらもこれまで弟たちの世話をしたきたせいか、どこかしらこまっしゃくれた娘で、同い歳のおせんやなつめを小馬鹿《こばか》にしたように斜《しゃ》に構えて見るばかりか、子供たちとは常に矩《のり》を置こうとした。

お京には、雛人形を前に無邪気《むじゃき》に燥ぎ回る女ごの子が、稚拙《ちせつ》に思えたのかもしれない。

だが、それればかりではなかった。

貞乃やおまきが何を訊ねても、いちいちそんなことに答える必要があるのかといったふうにせせら笑い、たまに答えたかと思うと、さあ……、とか、別に……。

これでは、取りつく島もない。

それに比べて、八歳の幸助と五歳の和助はやんちゃ盛りで、すぐにあすなろ園の男の子に溶《と》け込み、勇次など弟分が増えたとばかりに、大満悦《だいまんえつ》であった。

が、まだ二歳の太助は、なんといっても、頑是ない。

お京の傍にべたりと貼《は》りつき、離れようとしなかった。

「ねっ、お京ちゃんちに雛壇飾りはあるの？」

おいねが訊ねると、お京はムッとしたように顔を背《そむ》けた。

「ないんだね？　あすなろ園もこんなに大きなお雛さまを飾るようになったのは、去年からなんだよ。それまでは、立雛だけ……。お京ちゃん、立雛は飾ってるんだろ？」

悪気《わるぎ》はないのだろうが、おいねが執拗《しつよう》に訊ねると、お京は太助を抱き上げ、むくりと立ち上がった。

「お京ちゃん、どこに行くの？」

おまきが慌てる。

「太助にオシッコをさせるんだよ」

「お小便《しっこ》……。あら、でも、お京ちゃん一人で大丈夫かしら？　おばちゃんが手伝ってあげようか？」

「いいの。いつも、あたしがさせてるから……」

お京はそう言うと、太助を抱いて子供部屋を出て行った。

おまきが困《こう》じ果てたように、貞乃に目をやる。

「へっ、こりゃ、大《てえ》した玉だぜ……。おまき、覚悟しときな、後が思い遣《や》られるぜ！」

亀蔵が苦虫《にがむし》を嚙《か》み潰《つぶ》したような顔をする。

「さあさ、皆さん、お膳について下さいな！」

榛名とキヲが箱膳《はこぜん》にちらし寿司を配っていく。

「蛤《はまぐり》の吸物《すいもの》や、煮染《にしめ》もあるからさ！　たんとお上がり。お代わりをしたっていいんだよ」

キヲが威勢《いせい》のよい声を上げる。

「おやまっ、これは美味《うま》そうじゃないか！　錦糸玉子《きんしたまご》や才巻海老《さいまきえび》、海老粉《えびこ》まで散らしてあってさ……。これを榛名さんが一人で？」

おつやが目をまじくじさせる。

「いえ、卓《たく》ちゃんが手伝ってくれましてね。朝早くから、海老粉を作ったり、筍を湯がいたりと、下拵《したごしら》えで大変だったのですよ。何しろ、旅籠の朝餉膳の仕度と重なっているものですから、邪魔になってはと思い、厨《くりや》の隅《すみ》を借りて作るものですから、手間取っちまって……。卓ちゃんがいてくれて、大助かりでしたわ」

「ほう。するてェと、卓也にはこれが初仕事ってわけか……。なんせ、いつもは皿洗いばかりやらされてるんだからよ。おっ、卓也、初めて追廻らしい仕事をさせてもらって、どうでェ、少しは板前の気分が味わえたかよ？」

亀蔵が卓也を手招きする。

「おいら、手伝ったといっても、筍を湯がいたり穴子を焼いたりしただけで……。けど、愉しかった！　やっぱ、板前の道を選んでよかったなと思った……」

卓也が気恥ずかしそうに言う。

「そうけえ。まっ、励むこった！　さあ、どうした。皆、食おうじゃねえか」

「あたしまでが飛び入りで馳走《ごち》になっていいんでしょうかね？」

謙吉が気を兼ねたように、亀蔵の隣に坐《すわ》る。

「いいってことよ！　この俺さまだって、飛び入りだ。というのも、今朝、見廻りに出ようとしたところに、おまきが八文屋にやって来たじゃねえか。珍しいこともあるもんだと思ったら、仲人嬶のおつやと八文屋で待ち合わせて下高輪台町まで行くというじゃねえか。俺ャ、ピンと来たぜ！　茶立女のおまきがおつやと一緒にいて、しかも、女将も承知のことというじゃねえか……。縁談以外に考えられねえからよ。ところがよ、おまきの奴、位牌師の餓鬼をあすなろ園の雛祭に連れて行くというじゃねえか。だったら、みずきもいることだし、この俺が参加しねえわけにはいかねえからよ！」

亀蔵が鬼の首でも取ったかのような顔をする。

「おっ、美味《うめ》ェな、これは」

亀蔵がちらし寿司をぱくつき、目尻をでれりと下げる。

「本当だ！　まっ、こんなに具沢山《ぐだくさん》だとは……。穴子でしょ？　椎茸《しいたけ》、筍、蓮《はす》、人参《にんじん》、莢豌豆《さやえんどう》、蕨《わらび》、蕗《ふき》、薇《ぜんまい》と……。それに、飾りが錦糸玉子に才巻海老、海苔《のり》、木の芽……。なんて豪華なんだろ！　あたしゃ、五十年この方生きてきて、こんなちらし寿司は初めてだよ」

おつやが感嘆の声を上げる。

「蛤の吸物の実に喉越《のどご》しの爽《さわ》やかなこと！　三つ葉と柚子《ゆず》の香りが堪りませんな」

が、おまきは気が気ではなかった。

太助に小便をさせると出て行ったきり、お京がまだ戻って来ないのである。

おまきが心許《こころもと》なさそうに立ち上がる。

貞乃もおまきの様子に気づき、寄って来る。

「あたし、ちょいと厠《かわや》を覗いて来ます」

おまきがそう言うと、貞乃も頷く。

「そうね。そのほうがいいでしょう」

と、そのとき、お京が不貞腐《ふてくさ》れたような顔をして戻って来た。

おまきと貞乃が顔を見合わせる。

「お京ちゃん、遅いから心配してたんだよ。さっ、おばちゃんの隣に席を取ってあるから、ちらし寿司を食べようね。ほら、太助ちゃん、いらっしゃいな。お腹が空いただろ?」

おまきがお京の腕から太助を受け取ろうと手を差し出すと、お京はバシッとその手を払った。

「いいの! 太助にはあたしが食べさせるから……」

そう言い、空いた席に寄って行く。

おまきは呆然《ぼうぜん》と突っ立っていた。

「いいから、おめえも坐って食いな。放っとけ、放っとけ！　乾反《ひぞ》ってる（拗《す》ねる）だけなんだからよ」

亀蔵が小声で囁《ささや》く。

そして一刻（二時間）後、雛祭はお開きとなった。

何はともあれ、お京を除けば、子供たちにとっては愉しい雛祭となったのである。

「今日は済まなかったね。あたしまでが久々に愉しいひとときを過ごさせてもらってさ。じゃ、おまきさん、子供たちはあたしが下高輪台まで送って行くから、あとはあたしに委せておきな。二、三日したら、また訪ねて来るから、いいね？」

おつやがおまきに目まじする。

そのときまでに、この後も春次の家族と付き合いを続けるのかどうか、腹を決めておけということなのだろう。

おまきは黙って頭を下げた。

おつやたちが帰って行き、おまきは後片づけを手伝うと、おりきに報告しようと帳場に廻った。

おりきはひと足先に来た、亀蔵とお茶を飲んでいた。

「今日は勝手をさせてもらい、申し訳ありませんでした」

おまきが頭を下げる。

「それで、どうでした？　亀蔵親分からお京ちゃんのことを聞き、これはかなり手強《てごわ》いのではと案じていましたのよ」

おりきがおまきに茶を勧《すす》める。

「なんでェ、あの陳《ひ》ねこびた娘は！　おっ、おまき、止めとけ、止めとけ……」

亀蔵が大仰《おおぎょう》に手を振ってみせる。

「お京ちゃんもさることながら、肝心《かんじん》の春次さんのほうはどうだったのですか？」

おりきがおまきの腹を探ろうと、目を据える。

「どうといわれても……。大した話はしませんでしたし、おつやさんが言ってたとおり、口重な男《ひと》で……。おつやさんからあたしのことは話してあったんでしょうが、まともに目を合わせようとしないんで……。ただ、優しそうな目をしていました」

おまきは伏し目がちに答え、頭の中に、下高輪台の仕舞た屋を彷彿《ほうふつ》とさせた。

二階家の一階に厨と食間、仕事場があり、二階が春次と子供たちの閨となっているようだったが、仕事場は脚の踏み場がないほどに木屑《きくず》や道具類が散らばり、春次はその中に蹲り、立て膝をして位牌に彫られた戒名に、金粉《きんぷん》を塗《ぬ》り込んでいた。

隣の食間では幸助と和助が取っ組み合いの喧嘩《けんか》をしていて、傍で太助が火がついた

いた。

その中にあり、お京は兄弟喧嘩など我関せずとばかりに、平然と流しで米を研《と》いでいた。

しかも、おつやから子供たちがあすなろ園の雛祭に招かれていると聞かされても、お京は眉ひとつ動かさず、へえェ……、と答えただけ……。

が、雛祭に招かれたと聞いて、わっと歓声を上げた弟たちの手前、お京は自分は行かないと言えなくなったようで、渋顔《しぶがお》をしてついて来たのだった。

春次に至っては、恐縮《きようしゆく》して飛蝗《ばった》のようにぺこぺこと頭を下げるばかりで、結句、会話らしい会話もしなかった。

「そうですか。それで、おまきはこれから先も春次さんの家に通ってもよいと思っているのですか？　それとも、おつやさんにきっぱりと断りを入れますか？」

おりきが気遣わしそうに訊ねる。

おまきはつと顔を上げた。

「もう暫く様子を見てみようかと……。それで、これからも時折、下高輪台まで行かせていただきたいのですが、駄目でしょうか？」

「駄目ではありませんよ。今日も、夕餉膳からは茶屋に出てくれるのでしょうし、茶《ちや》屋衆《やし》の中食時を利用して行くぶんには差し支《つか》えないでしょうからね。でも、おまき、無理をしたり、意地張《いじば》っているのではないでしょうね？」

「そうではありません。春次という男《ひと》は決して悪い男ではないし、お京ちゃんだって、情を張っているだけなんですよ。あたし、あの部屋の散らかりようや、お京ちゃんの手に皹《あかぎれ》が出来ているのを見て、ああ、これじゃいけないと思って……。あたしにも覚えがあるんですよ。十歳のときにおっかさんを亡くし、あたしも幼い弟たちの母親代わりをしてきましたからね。末の弟などまだ乳飲み子で、そのうえ、おとっつァんからも頼りにされちまって、あたし、心底疲れ果てていた……。逃げ出したい、ほんの一瞬でいいから、ほかの子供たちのように無邪気な心に戻ってみたいと、そんなことばかり考えていました。お京ちゃんはあのときのあたしと同じ十歳……。誰かがお京ちゃんの頑なになった心を解《ほど》いてやらなきゃ……。それには、同じ想いをしたあたししかいないように思えるんです。ときがかかってもいい。少しずつ、あの娘《こ》の心を解《と》き放ってやりたい……、あたしはそう思うんですよ。だから、女将さん、もう暫くあたしに時間をくれませんか？　これは、春次さんの後添いに入ることとは別の問題……。後添いになんか入らなくていい。ただ、お京ちゃんともっと親しくなり、あの娘《こ》を救ってやりたいと、その想いだけなのです」

おまきは縋るような目で、おりきを見た。

「解りました。おまえの思うようになさい」

「有難うございます」

おまきは深々と頭を下げ、茶屋に戻って行った。

「驚いたぜ。おまきの口からあんな言葉が出ようとは……。結句、おまきは春次という男じゃなく、お京って娘に心を突き動かされたんだからよ」

「それが、おまきなのですよ」

お京の置かれた境遇に心が揺さぶられ、支えになりたいと尽くしているうちに、いつしか、心が春次へ傾いていく……。

が、此度だけは、それもいいかもしれない。

いずれにせよ、おまき自身が選ぶことなのだから……。

「おっ、そう言ャ、吾平のことを聞いたぜ。驚き桃の木たァ、このことよ！　あの吾平にそんなことがあったとはよ……。しかも、聞いた話じゃ、死んだ女ごに惚れ直し、生涯《しょうげえ》の伴侶《はんりょ》にしたというんだからよ。世はまさに春よのっ……。やれ、どっちを向いても浮いた話ばかりときたぜ！　おっ、そうそう、この前《めえ》、幾千代《いくちよ》にばったりと出逢ったんだが、幾千代のところの猫、なんてったっけ……」

亀蔵が首を傾げる。

「姫《ひめ》ですか?」

「おう、その姫よ。ひと月ばかし前《めえ》から、雄猫《おす》が庭先で悩《なや》ましい声を上げるもんだから、姫の腰が据わりやしねえ……。あっと思ったら、姫までが闇《やみ》の中に消え、一匹の猫雌《めす》を巡って雄猫が張り合うものだから、その狂おしいまでの雄叫《おたけ》びに気の休まる間もねえと幾千代がぼやいていたが、大方、今頃は姫も孕《はら》み猫……。まっ、幾富士《いくふじ》の赤児《やや》があんなことになったばかりだからよ、せめて、猫でもまともに子を産んでくれなきゃな!」

亀蔵が悪戯《いたずら》っぽく片目を瞑ってみせる。

猫の妻恋《つまこい》……。

おまきや吾平の話のあとで、姫の恋路《こいじ》を持ち出すとは……。

が、それが亀蔵の思い遣りということも解っていた。

そう深刻に考えるな。何事もなるようにしかならないのだから……。

おりきには、亀蔵がそう言っているように思えてならなかった。

そうかもしれない……。

時代小説文庫
い6-21

泣《な》きのお銀《ぎん》 立場茶屋《たてばぢゃや》おりき

著者 今井絵美子《いまいえみこ》

2012年12月18日第一刷発行

発行者 角川春樹

発行所 株式会社 角川春樹事務所
〒102-0074 東京都千代田区九段南2-1-30 イタリア文化会館

電話 03(3263)5247[編集] 03(3263)5881[営業]

印刷・製本 中央精版印刷株式会社

フォーマット・デザイン&シンボルマーク 芦澤泰偉

ISBN978-4-7584-3705-9 C0193
http://www.kadokawaharuki.co.jp/[営業]
fanmail@kadokawaharuki.co.jp[編集] ご意見・ご感想をお寄せください。